Les Chercheurs du Temps

*

Emmanuelle Nuncq

La Momie aux sandales d'or

Épisode pilote

*

« Je le répète encore : l'art égyptien ne doit qu'à lui-même tout ce qu'il a produit de grand, de pur et de beau. »
Lettres écrites d'Égypte et de Nubie, J.-F. Champollion

Musée du Caire

De nos jours

Clarence Fertennant, les mains dans les poches de son éternel imperméable brun, se tenait devant la momie de Ramsès II. À ses côtés, le frêle Maxime Champigny, un sac plastique blanc sous le bras, n'osait, lui, poser les yeux sur autre chose que sur ses baskets Nike couvertes de poussière. On ne pouvait faire plus différent que ces deux-là : l'un était grand, noir et tout de muscles secs, l'autre petit, boutonneux et totalement dépourvu de charisme.

— C'est ici qu'on se laisse, alors ? demanda le professeur en se tournant vers celui qui avait été son élève, délaissant la figure noircie et émaciée de l'ancien roi pour le visage rond et pâle de l'adolescent.

Ce n'était pas une question, plutôt une confirmation. Cela faisait longtemps qu'ils savaient qu'ils en arriveraient là. Maxime secoua la tête et ses cheveux blonds.

— Je sais... chuchota-t-il en lui tendant son contrat, que je n'ai pas été à la hauteur. J'ai... je ne suis pas fait pour ça, pour ce... pour ces aventures. Je ne suis pas quelqu'un de courageux... Il soupira, baissant davantage la tête : je ne suis pas l'élève qu'il vous faut.

Le professeur haussa les épaules, indifférent au rougissement qui avait soudain paralysé le jeune homme. Il prit le contrat d'un geste sec.

— Je voulais juste vous donner une chance, répondit-il. Je considère la période d'essai terminée. Pourtant... il le regarda dans les yeux, le faisant rougir encore plus : j'aurais cru qu'un amateur de science-fiction comme vous avait tout à fait le profil.

— Je crois... que je ne suis qu'un geek sans envergure, dit-il en rigolant.

Le professeur Fertennant eut un sourire moqueur et baissa la tête à son tour.

— Qu'est-ce que vous allez faire, maintenant ?

— Rentrer chez moi, terminer mon doctorat, et continuer à rêver le passé, plutôt que de le vivre.

Maxime tendit le sac en plastique dans lequel il avait rangé les bottines qui lui avaient servi à voyager dans le temps. D'un geste bref, le professeur l'ouvrit pour vérifier qu'il ne manquait rien : les semelles du Temps étaient toujours là, fascinantes, rouge rubis et parcourues de filaments d'or.

Ils se serrèrent la main, partirent chacun de leur côté, et ne se revirent plus jamais.

— Z'êtes vraiment sûr que je dois m'habiller comme ça ? demanda Maxime en tirant sur sa cravate trop serrée et le gilet de flanelle dans lequel il était engoncé. Je crève de chaud là-dessous.

— Modérez votre langage, s'énerva le professeur Fertennant, qui n'en pouvait plus.

Cela faisait déjà plus de dix minutes que son élève se plaignait, que ce soit de son costume noir typiquement XIXᵉ, de la chaleur écrasante ou du sable dans ses chaussures. Il se jura d'en choisir un autre après ce voyage d'études là. Un qui serait enthousiaste, et qui trouverait amusant de changer de mode vestimentaire.

— Mais c'est vrai quoi, geignit le petit blond, à quoi ça sert tout ces… Il fit un geste des mains pour désigner les guêtres, les bottines et l'épingle à cravate qui le gênaient : ces machins ?

— Il est sûr que ceci est plus seyant que votre jean trop grand qui laissait voir l'élastique de votre caleçon Calvin Klein, ou que vos t-shirts informes. Vous n'êtes visiblement pas un habitué de l'élégance.

Il haussa les épaules. Maxime grogna, mit les mains dans ses poches d'un geste sec, et tous deux gardèrent le silence. Le professeur Fertennant avait tenu à arriver par le désert, en suivant le Nil, pour que personne ne soit surpris de leur apparition subite, et il était vrai que marcher en costumes noirs sous ce soleil de plomb n'était pas des plus confortable, même au bord du fleuve.

Après Joseph Viry, un étudiant en sociologie, le professeur Fertennant avait choisi de s'accompagner d'un étudiant en histoire, discipline qu'il n'avait encore jamais abordée, puisqu'il *vivait* l'histoire. Maxime Champigny lui avait semblé le choix idéal : sans amis, sans attaches, et toujours à dénicher des complots scandaleux sur le net entre deux sessions de *World of Warcraft*, il ne chercherait pas, comme le précédent, à fonder une famille avant un bon moment. C'était Maxime qui avait choisi le sujet de leur mission, d'ailleurs, ainsi que le moyen d'y parvenir, et cela lui avait semblé une bonne idée.

Le musée de Boulaq était bien plus petit qu'ils ne l'avaient imaginé. Une bâtisse rose et blanche bordée de palmiers, aussi coquette qu'une maison de poupée, s'élevait devant eux. Sur les dessins d'époque qu'ils avaient consultés pour voir à quoi ressemblait l'endroit, cela semblait beaucoup plus grand. Une voiture à cheval arriva devant l'entrée principale. Plusieurs hommes vêtus de costumes cintrés et de chèches, visiblement des dignitaires égyptiens, en descendirent et s'engouffrèrent dans le musée.

— C'est bien là ? murmura Maxime en s'épongeant le front avec sa manche.

Il sourit. Depuis le début de leur mission, c'était peut-être la première fois.

— Évidemment que c'est ici, ironisa le professeur. Vous me croyez capable de me tromper dans mes calculs ?

Maxime haussa les épaules et ne répondit rien, se dirigeant à la suite des autres dans le palais. Derrière eux, d'autres officiels arrivaient. À l'entrée, ils furent refoulés par un gardien. Maxime, qui avait tout prévu, sortit une lettre de la poche intérieure de sa veste.

— Je suis étudiant en histoire à la Sorbonne, annonça-t-il. J'ai été recommandé par le professeur Lequin. Il lui tendit la lettre et un papier plié en quatre que le gardien examina : vous pouvez vérifier, ceci est mon diplôme.

Le gardien vérifia et les laissa passer.

— À propos, vous ne m'avez pas dit où vous l'avez trouvé ? demanda M. Fertennant en désignant le diplôme.

— Je l'ai scanné d'après des archives : un peu de Photoshop pour y mettre mon nom et le tour était joué !

Le professeur retourna le papier entre les mains.

— Impressionnant. Mais ne vous avisez pas de l'oublier dans cette époque, cela pourrait troubler le continuum espace-temps.

— Autant tirer avantage de venir du futur. J'ai aussi fait un bon tas de billets de banque ! ajouta-t-il en sortant, tout sourire, une liasse de sa poche intérieure.

— Pardon ? s'offusqua le professeur, choqué. Je ne vous ai pas amené ici pour vous enrichir ! Vous me brûlerez ces billets.

Maxime acquiesça sans mot dire, mais intérieurement, se jura de n'en rien faire.

Une bonne vingtaine de personnes attendait maintenant dans le hall : des hommes pour la plupart, mais quelques-uns étaient accompagnés de leurs épouses, toutes vêtues de chapeaux, de plumes et de dentelles claires. Un domestique passa entre les petits groupes pour proposer des rafraîchissements, et Maxime attrapa une coupe de champagne au vol.

— Faites attention, avec le soleil qu'on vient de prendre sur la tête, vous allez être malade, lui conseilla le professeur.

— Z'êtes jamais allé aux soirées d'intégration, vous...

Et il avala le contenu de son verre en deux gorgées. Le professeur se détourna : du moment qu'il se tenait correctement, qu'il fasse ce qu'il voulait. Il l'exaspérait trop pour continuer à lui faire la leçon.

Un homme petit et bien en chair, aux favoris d'un blanc immaculé, attira tous les regards vers lui en venant du fond, pendant que Maxime reprenait une coupe de champagne.

— C'est Gaston Maspero ! Le directeur du service des Antiquités, chuchota l'étudiant à l'oreille de son professeur, émoustillé comme une groupie devant sa rock star. Qu'est-ce que ça fait drôle de le voir en vrai !

Le professeur recula en faisant une grimace : Maxime commençait déjà à être soûl, comme il l'avait prédit.

— Je vous avais dit de ne pas boire.

— Oh, si on peut plus rigoler… Je vais pas être torché avec une coupe.

— Deux.

— Messieurs, tonitrua M. Maspero d'une voix forte, teintée d'un léger accent italien, et mesdames, ajouta-t-il en accordant un regard à une jeune femme en blanc près de lui, je suis très heureux de vous accueillir ici. C'est un moment sans précédent que vous allez vivre et qui, je l'espère, aura des répercussions fort enrichissantes sur notre connaissance de l'histoire. Quelques applaudissements s'élevèrent. Mon adjoint Émile Brugsch et moi allons procéder au débandelettage et à l'analyse de la momie de Ramsès II.

On se tourna vers le dénommé Brugsch, qui ne portait pas très bien son surnom de Le Petit, avec son mètre quatre-vingt et ses cheveux ébouriffés qui rehaussaient encore sa taille.

— Bonjour à tous, salua-t-il en boutonnant sa blouse blanche. Il avait un accent allemand très prononcé : je vous demanderai de bien vouloir rester à quelques mètres de la momie.

Un des passagers de la voiture l'interrompit en se raclant la gorge, et il devint tout rouge. Cet homme à première vue banal, vêtu de noir comme tous les autres, était en réalité le Pacha d'Égypte lui-même, accompagné de ses ministres. Il avait ordonné la cérémonie, on n'exigeait rien de lui.

— Si cela vous agrée, bien sûr, ajouta M. Maspero moins sûr de lui, et pour respecter la dignité du pharaon ainsi que la liberté de mouvement de nos chercheurs.

Le Pacha ne dit pas un mot et se contenta de hocher la tête.

— Le grand roi vous attend ! conclut Maspero d'un geste grandiloquent en invitant l'assemblée à se rendre dans un couloir à sa droite.

Ils entrèrent à la file dans une large pièce blanche : le directeur et le Pacha d'Égypte en tête, suivis du gardien qui n'en était pas un, mais en réalité M. Fouquet, un docteur et égyptologue attaché à la direction du musée. Le sol était dallé de marbre et de grandes portes-fenêtres, à demi fermées par des volets de bois, donnaient sur un patio ombragé. Tout autour, des vitrines couraient, exposant les antiquités trouvées ces dernières années par le directeur du musée, notamment plusieurs sarcophages richement décorés et des bijoux en or, comme les boucles d'oreille de Ramsès II, que les femmes regardèrent avidement.

Au centre, sur une table drapée de blanc, la momie du grand roi gisait dans son premier sarcophage, ouvert, en forme de statue osirienne. Le couvercle, anthropomorphe, était par terre au pied de la table, du côté du public, et les autres cercueils avaient été déposés dans l'ordre de leur emboîtement le long du mur du fond. Derrière les savants, une autre table, plus étroite, était recouverte d'instruments de mesure et d'un carnet en cuir.

— Étienne, venez près de moi, demanda M. Maspero en s'adressant au chercheur tout au fond.

M. Fouquet s'avança et se glissa entre ses deux supérieurs. De l'autre côté, le public les observait.

— Ce sarcophage en bois de cèdre, annonça le directeur en le montrant, selon les inscriptions peintes dessus, a appartenu à Ramsès Ier , qui, comme personne ne l'ignore, était le grand-père de notre illustre mort ici présent, mais qui ne peut plus nous le confirmer, malheureusement.

Le Pacha d'Égypte grimaça, et Gaston Maspero se jura de ne plus faire d'humour. Il montra au niveau de la poitrine du sarcophage deux inscriptions hiératiques écrites à l'encre, et une troisième se trouvant sur le rebord extérieur, vers le sommet de la tête. La femme en blanc se pencha trop près du couvercle et effleura de sa manche le visage aux yeux fardés de noir du pharaon.

— Évelyne ! chuchota son mari, ambassadeur de France en Égypte, en la faisant reculer.

Elle rougit jusqu'à la racine de ses cheveux bruns et se recula précipitamment.

— Comme l'attestent les procès-verbaux des transferts successifs de la momie, continua Maspero en faisant un sourire à la jeune femme, elle a été déplacée plusieurs fois. La première fois date de l'an VI de Ramsès XI et relate le transfert du cadavre de son tombeau à celui de Séthi I, présent ici même.

L'assemblée se retourna pour regarder le sarcophage qu'il désignait dans une vitrine. Quelques murmures d'admiration à la vue du visage peint et rehaussé d'or s'élevèrent.

— Le second transfert, dit-il, date de l'an X de Siamon et témoigne du déplacement du cercueil du tombeau de Séthi I à celui de la Reine Inhapi, dont vous voyez ici le pectoral, et enfin, expliqua-t-il en la désignant, la dernière inscription, postérieure de trois jours à la précédente, confirme le transfert du sarcophage de la tombe d'Inhapi à la « Cachette de Deir-el-Bahari », comme nous l'appelons entre nous.

Certains membres ici présents hochèrent la tête ou sourirent brièvement à l'évocation de cette cachette. Quant à Maspero, il ne put s'empêcher, lançant un clin d'œil à Brugsch, de se rengorger en se ressouvenant de l'enquête qui avait fait toute sa gloire six ans auparavant. Maxime expliqua l'affaire brièvement à l'oreille de son professeur, lequel estima en l'entendant parler si sérieusement, qu'il n'était finalement pas si inculte et inutile. Peut-être arriverait-il à faire quelque chose de lui ? Il verrait à la fin de ce premier voyage, qui était une sorte de test.

— Entre 1871 et 1878, expliqua donc le jeune homme, des objets portant les titulatures royales sont apparus sur le marché des antiquités. Gaston Maspero, fit-il en le désignant du doigt, a demandé une enquête. En 1881 il a démantelé comme ça un réseau de trafiquants, qui puisait dans une grotte secrète, un genre de « Sésame » quoi !

— La fameuse cachette de Deir-el-Bahari ?

— C'est ça ! En quarante-huit heures, lui et Mariette, qui est mort depuis et a créé ce musée, ont extrait des tas de momies célèbres, dont celle de Ramsès II qu'on a sous les yeux. Elles ont toutes été transportées ici, avec les autres trésors autour de nous.

Le professeur eut un sifflement impressionné en regardant les vitrines, mais les trois savants derrière la table les rappelèrent à l'ordre d'un coup d'œil mauvais. Ils se turent.

— Plus le mort était important, continua Maspero, et plus les rituels de son embaumement étaient évolués. Comme nous le voyons ici, dit-il en se penchant sur la momie, les bandelettes dessinent des figures géométriques assez complexes.

Le docteur Fouquet se saisit de ciseaux d'argent sur la table de derrière. Il coupa au niveau du cou et commença à démailloter le mort, sous les yeux intrigués du public. Des grains de poussière montaient à chaque mouvement, scintillaient dans la lumière chaude puis disparaissaient. Un petit scarabée de lapis-lazuli tomba dans la paume du docteur, qu'il montra à l'assistance et posa sur la table de travail. Brugsch le nota dans le carnet de cuir.

— Les embaumeurs glissaient de petits objets tels que celui-ci entre les couches de bandelettes pour protéger ou accompagner le mort, expliqua Maspero à l'attention des spectateurs novices en la question. Il n'est pas exclu du tout que nous en trouvions d'autres.

Et en effet, un petit hippopotame bleu tomba sur la nappe blanche, comme pour corroborer ses dires. Le professeur l'aligna sur la table à côté de l'autre, et Brugsch l'ajouta à l'inventaire.

— Taouret, expliqua Maspero à l'attention plus particulière d'Évelyne, puisque les dignitaires égyptiens savaient tout cela, était la déesse de la protection.

Une série de petits objets fut ainsi mise au jour, et à mesure que les bandelettes étaient enlevées, la forme du mort se précisa. Près du cœur, on découvrit deux objets en même temps : un bracelet d'or en forme de serpent… et un stylo-plume en onyx. Maspero s'en saisit rapidement.

— Si vous vouliez bien éviter de faire tomber vos affaires… murmura-t-il aigrement à Fouquet.

Il le glissa dans la poche de la blouse blanche du docteur. Celui-ci balbutia quelque chose comme quoi il était sûr que ce n'était pas à lui.

— Ne dites rien, grommela Maspero, incapable d'imaginer une seconde que ce stylo était bien celui du pharaon.

Le docteur baissa la tête après un regard rapide au Pacha, qui par chance ne prononça pas un mot non plus. Le geste avait été prompt, mais le professeur Fertennant avait eu le temps d'apercevoir l'objet. Il tira son propre stylo-plume de sa poche et le regarda rapidement, soudain pris de vertiges. C'était le même.

On pouvait maintenant entrevoir par endroit la peau, noire et sèche, de Ramsès II. Ses mains étaient couvertes de cicatrices. Maxime chuchota à l'oreille de son professeur.

— Je ne comprends pas, j'étais persuadé que la momie était devenue noire seulement à cause des radiations qu'elle a reçues à Paris dans les années 70. Vous croyez qu'il était *vraiment* black ?

Le professeur hésita, regardant furtivement ses mains couvertes des scarifications de sa jeunesse, datant de l'époque où il était esclave.

— Je, je n'en sais rien. C'est vous qui connaissez cette affaire par cœur. Je ne suis que votre tuteur dans cette histoire.

Mais en réalité, une tout autre théorie sur le pharaon présent devant lui commençait à naître dans son esprit. Si c'était vraiment ce qu'il pensait, il faudrait vite qu'il étouffe l'affaire.

— Y a toujours eu un flou autour des origines du Pharaon, précisa Maxime, est-ce qu'il était noir ou blanc ? Roux ou non ? Je pensais vraiment résoudre cette énigme en venant ici, et pourquoi pas me faire un nom grâce à ça, mais là, j'avoue que je suis encore plus perdu. Il faudrait se rendre directement au XIIe siècle avant J.C.…

Le professeur ne répondit rien à cette suggestion. Le docteur Fouquet enleva les dernières bandelettes autour des bras, repliés comme pour tenir le sceptre et le fléau, et dans un dernier geste, une tension post-mortem rejeta soudainement la main gauche, aux doigts longs et effrayants comme une araignée. L'assistance poussa un cri d'effroi, et la panique en fit fuir une partie. Même le professeur, pourtant habité aux événements surnaturels, fut impressionné. Évelyne s'évanouit dans ses jupons blancs. Son mari la réveilla d'une claque et l'emmena loin d'ici. Il ne restait plus dans la salle que les trois savants, les deux Chercheurs du Temps et quelques ministres du Pacha, imperturbable, les bras croisés. Un silence tendu plomba l'atmosphère, brisé par un petit rire moqueur de Maxime.

— Vous vous y attendiez ! l'accusa le professeur.

— En fait, oui, avoua-t-il tout bas. C'est une histoire marrante, une des origines du mythe de la malédiction des momies. Ça fera le tour de la ville dans dix minutes !

Le professeur Maspero, déstabilisé par la fuite de l'assistance, se ressaisit et continua pour ceux qui restaient. Après tout, le Pacha d'Égypte était toujours là, et c'était son plus important spectateur.

— Ce sont des choses qui peuvent arriver, dit-il, mais n'y voyez pas de superstition ! Comme vous le constatez, dit-il en appuyant délicatement sur le bras, le corps est encore souple. Ce qui est peut-être un peu étrange, remarqua-t-il, c'est l'avant-bras gauche replié sur le droit, quand on sait que c'est l'inverse qui est rituellement pratiqué à l'embaumement.

Ils se rapprochèrent tous de la momie pour mieux la voir, maintenant qu'ils étaient moins nombreux. La tête et les pieds étaient encore cachés sous le tissu. Brugsch termina de noter ce qui venait de se passer et le docteur commença par débandeletter les pieds, voulant laisser le plus impressionnant, à savoir la tête, pour la fin. Mais il se trompait. Ramsès II était en effet chaussé de sandales d'or pour le moins étranges : s'il était déjà arrivé aux égyptologues de voir des sandales toutes d'or dans un tombeau, jamais encore elles n'étaient laissées directement sur le mort, et surtout, jamais elles n'avaient de telles semelles, comme douées d'une vie propre. Celles-ci, couleur rubis, étaient parsemées d'entrelacs d'or scintillant, et de minuscules remontoirs sur les côtés, pareils à ceux d'une montre de gousset du XIXe siècle. En les voyant, les Chercheurs du Temps eurent le cœur qui s'emballa : ces semelles étaient exactement comme celles qu'ils avaient sous leurs bottines et qui les avaient menées jusqu'ici…

Le professeur Clarence Fertennant ne pouvait plus douter. Tout, depuis la taille du pharaon, sa peau, ce stylo, puis ses cheveux blancs et frisés qu'ils découvrirent en dernier, indiquait ce qu'il refusait d'accepter : ce cadavre, c'était le sien. Quelque part dans le futur, il partirait en Égypte, et y finirait ses jours, adulé comme un roi.

Maxime Champigny comprit également.

— Mais, professeur, vous… ?

— Ne dites pas un mot, l'interrompit le professeur.

Maxime pencha le nez sur ses chaussures, définitivement dégrisé. Cette histoire le dépassait. Les trois savants terminèrent de débandeletter le visage, posant sur la table de derrière les étranges chaussures qui brillaient d'un éclat intemporel. Face à son visage émacié, aux yeux mi-clos, aux lèvres de cuir sec, M. Fertennant eut un mouvement de recul : jamais encore il n'avait croisé un autre exemplaire de lui-même lors de ses voyages, encore moins de lui-même, *mort*. Outre le choc, l'avantage d'être mort sur cette table était que cela évitait les paradoxes temporels. Il s'était juré de ne jamais modifier sa propre ligne temporelle, et voilà qu'il avait son propre cadavre sous les yeux.

Le pharaon était maintenant entièrement débarrassé de ses bandes de tissu, et pour les deux chercheurs, il y avait quelque chose d'impudique à le voir là, nu sur cette table blanche, devant une montagne brune de lin.

Le docteur Fouquet et Maspero commencèrent leurs observations, que Brugsch nota soigneusement. Quant au Pacha, il n'avait toujours pas dit un mot.

— Le masque de la momie donne suffisamment l'idée de ce qu'était le masque du roi vivant, commenta Maspero : une expression peu intelligente, peut-être légèrement bestiale, mais de la fierté, de l'obstination et un air de majesté souveraine qui perce encore sous l'appareil grotesque de l'embaumemement.

Vexé, le professeur Fertennant croisa les bras : bestial, vraiment ? Peu intelligent ? Il l'était peut-être plus que toutes les personnes réunies ici. Le docteur Fouquet sortit un mètre et Brugsch nota les chiffres lancés.

— 1,72 mètre, annonça-t-il.

— Vous êtes plus grand que ça… chuchota Maxime.

— Le corps a réduit avec le temps, expliqua le professeur. Les 6 cm en moins peuvent être expliqués par la perte des chairs, le rétrécissement de la peau et la posture cambrée. Et accessoirement l'action du Temps sur mon corps. Quand nous sommes en dehors de notre époque, nous ne vieillissons pas, ni ne subissons ce que tout humain normalement constitué subit, comme les maladies… C'est pour ça que malgré vos trois coupes de champagne…

— Mais… l'interrompit-il.

— Ne niez pas, je vous ai vu. C'est pour cela, donc, que vous allez si bien.

Les trois savants continuèrent leurs observations, et chacune accréditait la thèse des Chercheurs : taille exceptionnelle, âge avancé, couronne en or à la place d'une prémolaire gauche, conservation impeccable et absence de maladies, cicatrices reçues au cours de batailles, tout correspondait entre le pharaon et le professeur. Celui-ci commençait à s'impatienter : maintenant qu'il savait ce qu'il en était, il n'avait qu'une envie, que tout le monde s'en aille pour faire disparaître les preuves, et retourner dans sa propre ligne temporelle.

Par chance, une fois l'analyse terminée, la momie resta seule quelques instants. Les deux Chercheurs, qui n'étaient rien pour la direction à côté du Pacha d'Égypte lui-même, firent semblant de suivre Maspero et ses adjoints jusqu'à la sortie, mais retournèrent sur leurs pas. Le professeur supprima tous les anachronismes comme il le put, abîma légèrement mais non sans réticence le corps trop parfait, et disparut avec son élève. Deux flèches de poussière d'or s'élevèrent dans le ciel bleu, et l'histoire se remit en place.

Dans le laboratoire du professeur Fertennant, les deux Chercheurs se remettaient difficilement du voyage temporel, tremblants de froid, saisis d'éblouissements. Maxime, pour qui c'était la première fois, sentit ses jambes se dérober : il s'effondra sur le tapis. Le professeur, plus aguerri, lui jeta une couverture dessus, et alluma un feu dans la grande cheminée.

Maxime se mit difficilement debout.

— Vous avez réussi à récupérer les sandales ? articula-t-il, la voix pâteuse.

— Je n'avais pas besoin de toute la chaussure, s'amusa-t-il en sortant les semelles de l'intérieur de sa veste.

À la lumière de la cheminée, de minuscules feux-follets bleus parcoururent les filaments qui les couvraient. Maxime lui rendit son sourire et sortit à son tour une poignée de statuettes de sa poche, dont celle de Touaret, et le bracelet-serpent.

— Moi aussi je suis un bon voleur, et pas que dans WOW, plaisanta-t-il.

— Quoi ?! s'offusqua M. Fertennant.

— Quoi ? s'étonna Maxime en desserrant sa cravate, ce qui fit tomber sa couverture par terre. On pourrait se faire un bon pactole avec ça !

— Vous n'êtes qu'un geek sans envergure ! Voler des trésors, résoudre des quêtes, c'est votre seul but dans la vie ? Si j'ai volé les semelles et le stylo, c'était pour ne pas provoquer de paradoxe temporel ni de scandale ! Pas pour m'enrichir ! On ne peut plus les rendre désormais, mais je vous préviens, si je les vois un jour autre part que dans votre petite chambre d'étudiant, je vous fais disparaître de la Terre en empêchant vos parents de vous avoir !

La menace parut faire effet : Maxime ne répondit rien et se contenta de déboutonner son gilet.

— Donnez-moi le bracelet, ordonna M. Fertennant.

— Pour quoi faire ?

— Vous devriez déjà être heureux que je vous laisse le reste.

Le bracelet disparut dans la poche intérieure de la veste, avec les semelles et le stylo-plume en onyx.

— Et maintenant, ajouta-t-il très énervé, reprenez vos *fringues*, et sortez de chez moi.

— Et pour le contrat ?

— Je vous contacterai en temps voulu.

Penaud, Maxime Viry acquiesça. Lorsqu'il fut seul, le professeur détacha les semelles rouges de ses bottines pour les comparer avec celles du pharaon. Quand elles furent les unes à côté des autres, elles se fondirent en une seule et même paire, ce qui avait toujours été.

— L'Égypte antique… murmura Clarence Fertennant. Mais pourquoi n'y ai-je jamais pensé ?

Derrière son bureau, Roxane Marty affichait son sourire habituel. Elle était toute petite et un peu boulotte, et Clarence Fertennant la trouvait jolie comme un cœur, peut-être parce qu'il avait toujours eu un faible pour les rousses au teint pâle, ou parce que la bonne humeur de la jeune fille était communicative. Chaque fois qu'il entrait dans la Bibliothèque Universitaire, il se dirigeait plutôt vers elle, toujours en train de faire le clown, d'imiter des stars ou de chanter, que vers ses collègues.

— Et voilà pour vous ! dit-elle au professeur en lui tendant le livre demandé : passez une très bonne journée !

— Merci bien. Il hésita un instant, se demandant pourquoi il n'avait pas pensé à elle auparavant : dites-moi, demanda-t-il, cela fait combien de temps que je vous vois travailler ici ?

— Quatre ans maintenant, répondit-elle, ravie qu'il lui adresse la parole, elle qui ne faisait que répéter bonjour ou la direction des toilettes à longueur de journée, mais vous n'allez bientôt plus me voir, j'ai presque terminé ma thèse.

— Oh ? Et sur quoi porte-t-elle ?

— Sur Edgar Allan Poe.

— Alors vous êtes en lettres ?

Il pensa qu'il n'avait encore jamais voyagé avec une étudiante en lettres.

— Oui, répondit-elle simplement, je ne me vois pas vivre autrement que dans les livres.

— Et qu'est-ce que vous diriez si vous pouviez un jour rencontrer Poe en chair et en os ?

Elle éclata de rire.

— Qu'il faut signer où ? répondit-elle du tac au tac.

Un grand sourire, semblable à celui du chat de Chester dans *Alice au Pays des merveilles*, éclaira le visage du professeur Fertennant. Il sut à cet instant qu'il avait trouvé celle qu'il lui fallait.

Chapitre I – Les Libellules électriques

*

« Je suis le ténébreux, — le veuf, — l'inconsolé,
Le prince d'Aquitaine à la tour abolie
Ma seule étoile est morte, — et mon luth constellé
Porte le soleil noir de la Mélancolie.

Dans la nuit du tombeau, toi qui m'as consolé,
Rends-moi le Pausilippe et la mer d'Italie,
La fleur qui plaisait tant à mon cœur désolé,
Et la treille où le pampre à la rose s'allie.

Suis-je Amour ou Phébus ? ... Lusignan ou Biron ?
Mon front est rouge encor du baiser de la reine ;
J'ai rêvé dans la grotte où nage la sirène...

Et j'ai deux fois vainqueur traversé l'Achéron ;
Modulant tout à tour sur la lyre d'Orphée
Les soupirs de la sainte et les cris de la fée. »

Gérard de Nerval, Les Chimères (1854)

— 28 janvier 1855 —

— Ah, que j'aime Paris, Roxane... lança le professeur en refaisant ses lacets. À chaque fois que j'y remets les pieds, c'est toujours la même sensation qui m'étreint le cœur. J'aime sa musique, ses lumières, ses rues... Chaque ville a son odeur particulière, et....
— C'est vrai que ça sent le bouc ici, professeur, l'interrompit sèchement Roxane, mais au lieu de faire dans le lyrisme, vous feriez mieux de me dire en quelle année on est.
Le professeur descendit un peu de son nuage, toujours aussi peu habitué au langage cru de son élève. Pour changer, ils n'avaient pas préparés ce voyage en amont. Il s'était dit que pour son voyage d'essai, l'improvisation aurait du bon : il verrait bien, dans le feu du combat, quels seraient son comportement et ses réactions.
— En 1855 ! Année merveilleuse s'il en est.
Roxane noua les brides de son chapeau et resserra sa capeline en fourrure sur ses épaules, tout en regardant autour d'elle.
— Et pourquoi ça ?
— Très riche pour vos études. Les courants littéraires foisonnent et se télescopent.
— Sauf votre respect, tous les auteurs que j'aime sont ou trop vieux ou trop jeunes, en 1855. Soit ils n'ont rien écrit, soit c'est leurs testaments qu'ils sont en train de rédiger.
Le professeur eut un demi-sourire, charmé de sa culture. Plus il la connaissait, et plus il était heureux de l'avoir choisie. Après les garçons coincés qu'il avait eus sous sa tutelle, elle

était rafraîchissante.

— Ne soyez pas mesquine, dit-il. Je vous emmène au Châtelet, vous allez adorer. Mettons-nous en route, voulez-vous ?

Roxane acquiesça et lui emboîta le pas.

La rue qu'ils empruntèrent portait sur sa plaque le nom très pittoresque de Vieille-Lanterne. Elle était noire et la neige qui tombait empêchait d'y voir, cela ressemblait à un écran de télé couvert de parasites. De lanterne il n'y avait que le nom ici, et il faisait un froid à geler les pigeons en plein vol. De plus, comme Roxane l'avait remarqué, l'odeur qui régnait n'était pas des plus agréables.

— Quitte à nous faire débarquer à Paris, reprit-elle, vous auriez pu choisir une saison chaude, parce que moi, je m'les caille.

Le professeur n'osa pas lui dire que quand il faisait chaud, pour l'odeur, c'était encore pire. Il l'observa, laissant s'échapper un sourire malgré lui. C'est qu'avec son corset qui mettait sa poitrine en valeur, et sa robe de perles noires qui rehaussait le rouge de ses boucles et son teint pâle, elle était encore plus jolie. Il se racla la gorge.

— De tout ce avec quoi je vous ai vu, dit-il en regardant droit devant lui, c'est encore ce qui vous va le mieux. Ça change de vos éternelles Converses, non ?

Roxane haussa les épaules et essuya un flocon sur son nez.

— J'aime bien aussi. Mais je ne suis pas persuadée que la tenue de soirée que vous m'avez trouvée soit parfaitement appropriée avec ce temps. Il aurait mieux valu un ensemble en laine et des bottines chaudes. J'ai froid aux pieds !

Le professeur sourit, content de lui. Contrairement à son précédent étudiant, elle au moins connaissait quelque chose à l'évolution des costumes et appréciait les jolies choses.

— Bon, on fait quoi ?

— Marchons plus vite, ça vous réchauffera et répondra à votre question.

Le professeur ajusta son haut de forme d'un petit coup de canne et avança d'un pas joyeux.

— Ça vous plaît, ça, hein ? demanda Roxane en le suivant de loin, gênée qu'elle était par sa crinoline trop grande et ses souliers de bal inappropriés.

— De quoi ? Qu'est-ce qui me plaît ?

— Les aventures.

— Mais bien sûr ! Et à vous aussi, sinon, vous ne me suivriez pas comme un toutou, sans ça.

— Je ne suis pas votre chien ! hurla Roxane.

Le professeur stoppa net, non pas sous le cri, digne d'une marchande de poisson, mais parce que devant eux, une silhouette noire se balançait à la grille d'un jardin.

— Nom de Zeus !

Le professeur se précipita pour venir au secours du malheureux. Roxane le suivit et l'aida à tenir à bras-le-corps les jambes de l'homme qui gigotait sous sa corde. Son chapeau, sous l'effort, tomba à terre.

— Mais aidez-moi bon sang !

Roxane l'aida à déposer l'homme sur le sol, lui dégageant le cou de la corde. Ses pupilles dilatées ressemblaient à des billes noires. Il était encore conscient mais avait le visage congestionné et peinait à respirer. Quelques mots s'échappèrent néanmoins de ses lèvres.

— Comment continuer ainsi ? Le vide, tout ce vide...

— Quoi, quel vide ? demanda Roxane. Mais le pendu ne répondit pas. Non ! cria la jeune femme, comme si ce mot pouvait l'aider à parler.

Le professeur se pencha sur lui.

— Je ne peux rien faire... annonça-t-il.

— Comment ça ? s'offusqua Roxane. Comment ça vous ne pouvez rien faire ?

L'homme entre ses bras ferma les yeux, et sa tête bascula sur le côté. Il expira, et le professeur s'assit à ses côtés dans la neige, dépité.

L'espace d'une seconde, Roxane crut apercevoir une libellule, d'un bleu électrique, qui s'envolait. Elle secoua la tête, chassant cette pensée, faisant voler des flocons de ses cheveux. Avec le professeur, elle avait eu son lot de choses bizarres, et l'homme sous ses yeux était autrement plus important. D'un seul coup, elle n'avait plus froid.

— Il est mort, asséna le professeur. Et voyant les yeux verts de la jeune femme qui s'agrandissaient d'horreur, il ajouta : j'aurais pu le sauver, mais je n'en avais pas le droit. De vieux réflexes... c'est idiot, vraiment.

— Oui, ça, c'est sûr, vous êtes un idiot !

Elle se pencha sur l'homme et ne put s'empêcher de lui caresser le visage. Il était entre deux âges et avait pu être beau, autrefois. Pour l'heure, des cernes violacés creusaient ses yeux, sa moustache accrochait les flocons, et on voyait qu'il avait souffert, comme si toute sa vie l'avait aspiré de l'intérieur.

— Qu'est-ce que vous auriez voulu que je fasse ? Que j'infléchisse la marche du temps ? Regardez-le Roxane, vous ne savez donc pas qui il est ?

Elle s'accroupit et le regarda attentivement. Il lui disait quelque chose, effectivement, mais le nom ne sortit pas.

— Vraiment, je...

Le professeur soupira et prit sa tête entre ses mains.

— Aidez-moi à raccrocher ce pantin, ça vous aidera peut-être à retrouver la mémoire.

Roxane, vexée, eut une moue de dégoût.

— Comment est-ce que vous pouvez lui manquer de respect à ce point ? Enfin, ne vaudrait-il pas mieux l'enterrer ?

— Roxane, c'est vous la dernière des idiotes. Je vous ai déjà dit mille fois qu'il ne fallait pas toucher à l'histoire.

— Et mille fois vous avez fait le contraire en sauvant la vie d'illustres inconnus comme lui. Vous vous en êtes assez vanté comme ça !

— Exception, mademoiselle ! rétorqua-t-il en secouant son index. Celui-là n'est PAS un illustre inconnu ! Changer les petites histoires, oui, mais pas l'histoire avec un grand H ! Le professeur tourna son doigt près de sa tempe et la regarda dans les yeux, l'incitant à réfléchir. Et comme elle ne trouvait toujours pas : Fouillez sa poche ! ordonna-t-il.

— Mais certainement pas ! J'ai pas beaucoup de morale, mais quand même !

— Très, bien, dans ce cas...

Et le professeur le fit lui-même. Quelque part, il savait qu'il était injuste avec son élève. C'était son humanité et son optimisme qu'il aimait chez elle, et il savait pertinemment qu'elle n'était pas idiote. Il ressortit un petit mot qu'il déplia et lui colla sous le nez.

— *« Ne m'attends pas ce soir. Ma nuit sera longue et blanche »* put-elle lire.

Les yeux de Roxane s'écarquillèrent de surprise une nouvelle fois. Elle regarda encore le mort et resta bouche bée. Un déclic venait de se faire dans son cerveau.

— Nom de Zeus ! C'est Nerval ! Gérard de Nerval !

— Oui ! C'est génial n'est-ce pas ? cria presque le professeur, en agitant les mains et affichant un sourire éclatant, qui tranchait avec sa peau si foncée.

Roxane haussa les épaules.

— Oui enfin, *c'était* Nerval, soupira-t-elle, et des volutes blanches de vapeur disparurent dans la nuit. Normal que j'ai pas réussi à le reconnaître, je n'ai vu de lui que de vieilles gravures. C'est pas pareil en vrai, évidemment... Il y a une grande différence entre étudier un poème en Terminale et assister en *live* à la mort de son auteur. Dans ce cas, ajouta-t-elle, mieux vaut le raccrocher.

Ils s'exécutèrent, n'oubliant pas de glisser ses derniers mots dans sa poche.

— Ce serait quand même con qu'on m'accuse d'avoir trucidé un de mes poètes préférés.

— Ce qui est encore plus... idiot, tempéra le professeur, c'est d'être arrivés sans avoir pu lui parler. Comment ai-je pu oublier cette date enfin ? Mais oui ! 1855 ! Et il tourna sur lui-même en se prenant la tête dans les mains. Vous imaginez, hurla-t-il presque, s'entretenir avec cet auteur inouï ? Quelle conversation brillante !

— C'est peut-être pas plus mal, conclut Roxane en vissant son chapeau sur la tête du poète inouï, qui se balançait de nouveau sur sa grille comme un épouvantail. Après tout, optimiste comme nous le sommes, nous serions bien parvenu à le dissuader de se... couic. Et elle mima une pendaison particulièrement démonstrative.

*

La neige avait recouvert les tombes, cachait les couronnes noircies par l'humidité, et faisait disparaître les noms sur le marbre. Une procession s'avançait, lentement, tête basse, comme une colonne de fourmis sur du sucre. Le cimetière du Père-Lachaise était silencieux, on n'entendait que quelques corbeaux et les murmures échangés entre Roxane Marty et le professeur Clarence Fertennant, loin derrière. Ils regardaient l'enterrement en touristes, ne voulant se mêler à la foule, comme toujours.

— Cette cérémonie est minable, chuchota le professeur. C'est un enterrement pour un gueux, ça, pas pour un aristocrate : je veux dire, c'est un artiste ! Et voilà comment une si grande destinée s'achève. C'est lamentable ! Avec tous les amis qu'il avait, je ne comprends pas... Ils auraient pu lui payer autre chose. Vous le reconnaissez, lui au moins ? ajouta-t-il en pointant sa canne vers un gros homme métis. Il aurait pu lui payer un enterrement décent.

Roxane haussa les épaules.

— Dumas ? Pourquoi il ferait ça ? Il croule sous les dettes.

Le professeur haussa à son tour les épaules.

— Vous marquez un point. Après tout, vous vous y connaissez mieux que moi. C'est pour ça que vous êtes là.

La procession s'arrêta et on procéda à la mise en terre. Alors que le professeur était absorbé dans des pensées connues de lui seul, Roxane n'écouta pas l'oraison funèbre du prêtre. Elle n'avait jamais aimé les bondieuseries, et puis quelque chose de plus intéressant retint son attention : au-dessus du trou béant qui venait d'accueillir le cercueil du poète, un point bleu électrique se mouvait. Elle se faufila entre les gens en deuil pour tenter de l'observer de plus près, au grand dam du professeur qui ne supportait pas, comme il l'avait dit, que l'on touche à l'histoire. Il tendit la main pour la retenir, mais elle se retourna pour lui décocher un sourire insolent, et disparut derrière les ombrelles et les parapluies noirs.

Nul doute désormais : c'était bien une libellule qu'elle avait vue le jour de la mort de Nerval, et qu'elle voyait encore aujourd'hui. Roxane n'était pas douée en sciences naturelles, mais s'il y avait bien une chose dont elle se doutait, c'est qu'en plein mois de janvier, et à Paris, il y avait peu de chance que cet insecte survive.

La libellule continua de voleter de-ci de-là, puis disparut derrière le chapeau emplumé d'une très jolie dame. Roxane reporta son attention sur celle-ci : grande et blonde, il y avait quelque chose de lumineux et de gracieux dans sa silhouette, de déplacé, comme si elle n'appartenait pas à ce monde. Quelque chose d'extraordinaire et d'attirant, qui faisait se tourner tous les regards vers elle. Se sentant observée, elle sourit à Roxane, qui disparut pour revenir aux côtés du professeur, à qui elle raconta ce qu'elle venait de voir.

— Fariboles ! Il est complètement impossible, Roxane, qu'un insecte puisse nous suivre lors d'un de nos voyages.

— Comment expliquez-vous que j'en ai vu une alors ?

— Il est complètement impossible, Roxane, qu'un insecte puisse survivre ici par un froid pareil.

Roxane leva les yeux au ciel.

— Ce que vous pouvez m'énerver parfois...

— Quand ce n'est pas une solution, ni une autre, c'est qu'il y en a une troisième.

Le professeur s'avança à son tour près du cercueil, que l'on recouvrait maintenant de pelletées de terre, et revint auprès d'elle, son immortel sourire de chat de Chester flottant sur les lèvres.

— Roxane, vous êtes une bécasse. N'avez-vous pas remarqué que l'un des membres de l'assemblée portait une broche en forme de demoiselle ? C'était cela que vous aviez vu. Cela, et rien de plus.

Roxane tapa du pied par terre.

— Arrêtez de me prendre pour une demeurée !

Le professeur ne répondit rien et se tourna pour regarder la fin de l'enterrement. Deux hommes se tenaient en retrait mais, proches d'eux, ils pouvaient entendre leurs chuchotements.

— Tout de même, soupira le premier, un grand sec à la voix abîmée par l'alcool, dont on voyait les mèches longues s'étaler sur son dos, je me demande ce qui l'a poussé à en arriver là...

— Je ne sais pas, Alfred, répliqua l'autre, acerbe, peut-être son internement ?

Le dénommé Alfred eut un mouvement énervé.

— Mais Charles, nous savons tous que la mélancolie nous guette, nous autres artistes, et tu es peut-être le premier à le savoir, mais de là à en finir avec la vie... Gérard n'était pas homme à agir ainsi. Je sais, je sens qu'il y avait quelque chose de plus. Je l'ai toujours cru plutôt du genre à écrire jusqu'à la mort... mais peut-être qu'il était comme moi ; ces derniers temps, je n'arrive plus à produire rien de bon. L'absence de ma muse me mine.

Le professeur s'avança vers eux, attiré par leurs visages qu'il avait reconnus. Charles soupira, quittant son ton cynique, et baissa la tête.

— Je suis pareil. J'ai l'impression que cet hiver ne vaut rien de bon pour l'inspiration. Si cette situation perdure, je crois que je vais le suivre de très près, et laisser les vers grignoter ma cervelle...

Alfred se tourna vers lui, et lui posa une main sur l'épaule.

— Pour moi, je crois qu'on ne peut plus rien. Je sens ces choses-là, sais-tu ? Mais il y a dans l'air un je-ne-sais-quoi qui me dit que tu as encore de grandes œuvres devant toi. Peut-être, peut-être devrais-tu te servir de cette mélancolie qui te hante. Moi je ne peux plus. Toi, tu es jeune. Et il ajouta en haussant les épaules, un sourire dans la voix : c'est très sympathique, cette image, les vers qui grignotent la cervelle comme des remords.

— Je n'ai jamais parlé de remords, s'étonna Charles.

Et une lueur s'alluma dans ses yeux.

Roxane se tourna vers le professeur pour lui demander s'il savait qui étaient ces personnes dont elle ne voyait que les dos, et celui-ci, les mains dans les poches de son long manteau, la canne coincée sous le bras, souriait à belles dents, visiblement ravi de ce qu'il entendait là.

— Attendez quelques secondes, chuchota-t-il.

Un troisième homme, un petit gros à la barbe bien fournie, vint rejoindre les deux causeurs avant de partir.

— Messieurs, dit-il, je suis ravi de vous retrouver. Nous pourrions peut-être prendre un café ensemble ?

— On dit, lui demanda Charles, que c'est toi qui as payé la concession. Est-ce vrai ?

Théophile acquiesça d'un hochement de tête.

— En effet, soupira-t-il. C'est bien le moins que je pouvais faire. Je ne l'ai que trop négligé...

J'aurais dû, j'aurais dû savoir que les choses pouvaient en arriver là.

Alfred toussa.

— Je crois que mélancolie et créativité vont de pair, ajouta-t-il, morose. Depuis quelques années, j'ai l'impression que nous avons perdu les meilleurs d'entre nous... Rien que l'an dernier, trois des nôtres ont fini de la même manière. C'est comme si nous étions maudits. Et il ajouta, soudain plus joyeux : on va le boire, ce café ?

Le professeur et Roxane regardèrent Théophile Gautier, Alfred de Musset et Charles Baudelaire repartir, têtes baissées, la mort dans l'âme. Il ne resta plus qu'eux près de la tombe. Quand Roxane se retourna une dernière fois, elle aperçut cependant la jeune femme blonde qui lui souriait, les deux mains croisées devant elle. À son col, elle portait une broche en forme de libellule qui n'y était pas la minute d'avant, elle aurait pu le jurer.

*

— Vous savez, dit Roxane en souriant, j'aime beaucoup cette vie.

— Mais nous ne sommes pas là pour nous amuser.

Ils pénétrèrent dans la salle de bal.

Depuis qu'ils étaient ici et à cette époque, ils avaient marché dans la ville en tous sens, comme on feuillette un manuel d'histoire, avaient presque rempli un carnet de bord, étaient allés au Châtelet comme prévu initialement, et surtout, s'étaient liés à Alexandre Dumas, rencontré à l'enterrement. Ce soir, l'auteur les avait invités, eux et la moitié de ce que Paris avait produit d'artistes et de gens bien en vue cette année-là, pour une soirée costumée.

Roxane, radieuse dans une robe Renaissance verte, et le professeur, vêtu comme un *dottore* de la Commedia dell'arte, firent sensation en entrant. Tous les regards se tournèrent vers eux, mais quand le professeur retira son masque pour saluer leur hôte, quelques murmures parcoururent l'assemblée. Il avait l'habitude de ce genre de réactions : quand on voyage dans le temps, on peut s'attendre à ce que les gens ne croisent pas souvent un homme noir. Plus d'une fois, il s'était extirpé in extremis de situations délicates à cause de cet état de fait auquel il ne pouvait rien.

— Professeur, l'accueillit monsieur Dumas en allant au-devant d'eux, je suis ravi de voir que vous avez pu vous libérer. Je parlais justement avec un ami de vos intéressantes analyses sur la notion « d'aventure ». Auguste, dit-il en tendant la main vers l'ami désigné, approchez donc. Vous voyez bien qu'il existe !

Auguste Maquet s'approcha.

— Il doutait que vous existiez, précisa Dumas à l'attention du professeur. Mon nègre, comme on dit vulgairement. Auguste le considéra.

— Vous en êtes un autre.

Le professeur leva un sourcil navré. Il était toujours étonné et déçu quand des gens qu'il admirait avaient ce genre de réflexions. Mais ce n'était pas la première fois. Même si de la part de Maquet, c'était surprenant, il se contenta de hausser les épaules et de ne parler qu'à Dumas, jetant un œil sur sa compagne pour voir où elle se trouvait : Roxane n'avait pas attendu bien longtemps pour se faire inviter à danser dans la salle principale. Elle était au bras d'un homme plus petit qu'elle — c'est dire s'il était petit dans la mesure où elle n'était déjà pas bien grande — dont la laideur l'étonna compte tenu de ce qu'il savait de ses goûts, jusqu'à ce qu'il reconnaisse Charles Baudelaire.

Le professeur regretta un peu de l'avoir choisie, d'autant plus que, du coin de l'œil, il la vit rire aux éclats dans les bras du poète. Elle se révélait bien trop passionnée, bien trop franche et il redouta de devoir réparer par la suite des erreurs dues à sa spontanéité. Il verrait bien : il avait envie de la connaître plus, et de la garder auprès de lui, s'avoua-t-il alors que

Dumas parlait de son ouvrage en cours, *La dernière année de Marie Dorval* : un instant, il eut paradoxalement l'intuition que tous deux feraient de grandes choses.

— J'ai connu Marie Dorval, lâcha-t-il nonchalamment tout en ne quittant plus Roxane du regard, c'était une femme merveilleuse.

— Merveilleuse, répéta Dumas, tandis que Maquet s'éloignait pour aller chercher une coupe de champagne.

Et alors qu'ils parlaient tous deux de la comédienne, le professeur ne pensait plus qu'à Roxane. Ce n'était pas la première fois qu'il prenait une étudiante de lettres à ses côtés : il y avait de cela quelques années, une jeune femme dont la thèse portait sur Plutarque avait voyagé avec lui, mais Lise Marigny et Roxane n'avaient rien à voir l'une avec l'autre. Lise, une fois sa thèse soutenue et obtenue avec brio, avait continué son chemin sans lui. Maintenant, elle était maître de conférences, mariée et mère de deux enfants. Quand il regardait Roxane, il ne savait pas ce qu'elle allait devenir, alors que le chemin de Lise lui avait semblé tout tracé à l'époque. Roxane avait en elle tant de personnalités, elle était si changeante qu'elle aurait aussi bien pu continuer dans la recherche qu'être actrice, convoyeuse de fonds ou avocate. Et pour rien au monde, il n'aurait voyagé dans le futur pour le savoir. Il en avait les possibilités, mais son éthique l'avait toujours limité à des voyages dans le passé. Cela durait depuis des temps immémoriaux, et n'était pas près de changer.

De son côté, Roxane avait cessé de danser pour discuter avec son cavalier. Elle faisait une thèse sur Edgar Allan Poe, et voilà qu'aujourd'hui elle tenait son traducteur français entre les bras ! Danser avec Charles Baudelaire, c'était un vrai rêve pour elle, même s'il avait le nez dans ses seins, et elle s'était sentie telle une groupie face à son acteur préféré. Elle avait failli lui demander un autographe quand elle l'avait vu en entrant, puis s'était ravisée en se disant que ce n'était peut-être pas une pratique en vogue ici et maintenant. De plus, il lui fallait se tenir à carreaux si elle voulait signer le contrat que M. Fertennant lui avait promis à l'issu de ce voyage d'essai.

Elle s'était contentée de sourire à Charles Baudelaire en ne le quittant pas des yeux, et il l'avait invitée. Elle avait accepté avec sa franchise habituelle, ne se doutant pas que c'était parce qu'elle n'avait pas baissé pudiquement les yeux comme ses contemporaines (ou ses ancêtres à vrai dire) qu'il l'avait fait.

Maintenant, à le voir immobile en face d'elle, elle ne savait pas quoi lui dire. Ou plutôt si, elle avait des millions de questions à lui poser, mais elle ne savait pas par laquelle commencer. Surtout, elle ne savait pas si elle ne commettrait pas d'impairs en lui parlant de choses qu'il n'avait pas encore écrites ou vécues, même avec l'aide du carnet de bord qu'elle avait compulsé soigneusement. Le professeur lui avait tellement farci la tête de paradoxes temporels qu'elle n'osait plus rien faire. Ce fut Charles Baudelaire qui commença et la délivra de ce dilemme.

Au début, il lui parla de tout et de rien, et en était arrivé à confesser ses difficultés à composer ces derniers mois, à ce manque d'inspiration qui le plongeait dans une détresse sans fond, quand un grand murmure parcourut la foule et les sortit de leurs pensées, si intenses que même les musiciens s'arrêtèrent de jouer. Une femme avait fait son apparition dans la salle de danse, et tout le monde, depuis la porte où elle confia son grand manteau de soie à un domestique, jusqu'au fond du salon où avait été disposé le buffet, cessa de parler pour se tourner vers elle et la regarder. Une rumeur naquit, qui enfla pour bourdonner aux oreilles du professeur.

— C'est la Grande Demoiselle ! disaient les danseurs immobiles.

Le professeur Fertennant cessa lui aussi de converser avec Dumas pour s'intéresser à la nouvelle venue. Il y avait quelque chose dans l'air qui vrombissait, tel un charme, et hypnotisait tous les convives, sauf lui et Roxane qui semblaient immunisés et furent les seuls à ne pas rester sans bouger, pareils à des statues. Chacun à un bout de la pièce, ils se lancèrent des regards interrogatifs. C'était peut-être dû au fait qu'ils étaient des Marcheurs du Temps ? Toutefois le professeur avait les yeux qui brillaient, son verre de champagne tremblait légèrement dans sa main, et même Roxane poussa un petit soupir de désir en voyant cette femme approcher.

La Grande Demoiselle, c'était en réalité la femme qu'ils avaient aperçue à l'enterrement, et ce soir, dans son costume de libellule qu'elle portait à ravir, elle était plus sublime encore qu'enfermée dans ses habits noirs de deuil. La tête qu'elle avait abaissée pudiquement devant la tombe fraîche était ce soir relevée dans un mouvement de fierté, et ses longs cheveux blonds, d'un ton si clair qu'il ne paraissait pas naturel, étaient débarrassés de son chapeau à plumes et montés en un chignon élégant et complexe. Autour de sa taille fine, des soieries d'une couleur oscillant entre le bleu et le vert se drapaient, quatre ailes de gaze frémissaient dans son dos et sa main déplia, comme une arme, un éventail en plumes de paon. Tous les hommes courbèrent le dos dans une révérence quand elle s'avança parmi eux.
— Qui est-ce, la Grande Demoiselle ? demanda le professeur à Dumas.

Il dut reposer sa question plusieurs fois tant l'auteur était subjugué par cette femme extraordinaire. Il ne décollait d'ailleurs plus ses yeux de sa poitrine, sanglée dans un corset très serré, et avait laissé couler son champagne le long de sa cuisse.
— C'est... c'est la Grande Demoiselle, chuchota-t-il.
— Je le sais bien, tout le monde n'a que ce mot-là à la bouche, mais vous n'en savez pas plus ?

Alexandre Dumas se tourna vers le professeur et cligna trois fois des yeux, comme débarrassé d'un sort.
— Non, non, je n'en sais rien..., répondit-il en reposant sa coupe vide sur le plateau d'un domestique qui ne bougeait pas plus que lui. À vrai dire... Et il se gratta la tête, visiblement très perplexe. C'est, c'est Elle, c'est tout. La Femme idéale, l'incarnation de tous nos désirs, la muse parfaite ! Nous donnerions tous notre vie pour elle.

Dumas replongea dans sa transe.
— Nous ? Le professeur s'interrogea : qui, nous ? On dirait un discours répété, ce que vous dites là.

Mais il n'arriva pas à tirer quoi que ce soit d'autre de l'auteur des *Trois Mousquetaires,* retourné à son mutisme. Il jeta un regard vers tous les gens assemblés ici, tremblants de désir pour cette Demoiselle qui s'avançait lentement, pareille à une reine au milieu de ses sujets. Il y en avait qui bavaient presque, d'autres qui se recoiffaient machinalement, buvaient à grands traits pour se donner du courage, ou se mordaient les lèvres, avides de l'embrasser. Qu'est-ce qu'il leur arrivait ? Le professeur avait tant appris, et tant voyagé qu'il s'étonna de ne pas connaître cette femme. Elle lui semblait familière, il reconnaissait son allure, mais il n'arrivait pas à remettre un nom dessus. Mais quoi, avec un tel charisme, elle aurait du laisser sa trace dans l'histoire, et dans *son* histoire ! Il reposa lui aussi sa coupe de champagne et, son masque au long nez à la main, se faufila parmi les danseurs.
— Vous la connaissez ? demanda-t-il à Roxane.

Roxane, sans le regarder, fit non de la tête, et le professeur reporta son attention sur Baudelaire à côté d'elle, attiré par l'aura qui se dégageait de lui. Le poète semblait se liquéfier sur place. Ses yeux déjà creux s'enfonçaient davantage dans leurs orbites, comme mus par une vie propre, éclairés d'une flamme noire surnaturelle. Il fixait de ses prunelles immenses et immobiles la Grande Demoiselle, avec une intensité telle que sa vie était aspirée hors de lui.

Celle-ci étendit la main et la libellule qu'elle portait en broche, dans un vol gracieux, alla se poser sur la poitrine du poète. Une allée se forma entre elle et lui, tout le monde se reculant instinctivement pour la laisser avancer. Baudelaire fut secoué d'un tremblement inquiétant et se souleva du sol. Dans un mouvement souple, il traversa la salle en flottant jusqu'à elle puis s'immobilisa à quelques mètres. Ses pieds touchèrent de nouveau le parquet de bois, et sa tête s'affaissa sur son torse. Personne ne les quitta des yeux.

Une lueur d'un bleu électrique émana de la petite libellule dont les ailes vrombissaient rapidement. Elles éclairèrent le visage du poète, aux yeux maintenant clos, d'une lumière fantasmagorique. Pareille à la flamme d'une bougie qui se serait détachée de sa chandelle, cette lumière bleue se désolidarisa de l'insecte et flotta lentement jusqu'à la Grande Demoiselle.

Roxane se tourna vers le professeur, qui ouvrait de grands yeux effarés.

— Professeur, lui murmura-t-elle, paniquée, je crois qu'elle est en train de le tuer !

Le professeur détourna son regard des deux protagonistes de cette scène étrange pour les poser sur son élève.

— Ne racontez pas de sottises, ça n'a rien de scientifique ni de rationnel, comment cela pourrait-il être possible ?

Dans cette salle où tout le monde, exceptés eux, s'était tu, leurs voix sonnèrent haut et clair.

— J'en sais rien, mais c'est pas le moment de traîner !

Déjà la petite lueur bleue n'était plus qu'à quelques centimètres de la Grande Demoiselle. Roxane se faufila parmi les invités immobiles, jouant des coudes pour avancer.

La Muse idéale fit avancer la lueur bleue de légers mouvements de son éventail. Elle touchait presque l'âme du poète du doigt quand elle suspendit son geste et se tourna vers les Chercheurs du Temps, un petit sourire aux lèvres.

— Clarence ! Cela faisait si longtemps…

Roxane regarda le professeur, qui afficha d'un seul coup un air dévasté à l'écoute de cette voix qu'il n'avait plus entendue depuis près de cent vingt-cinq ans. Quoi, il la connaissait déjà et n'avait rien dit ?

— Votre dernière protégée est bien plus clairvoyante que vous… continua la Grande Demoiselle. Peut-être avez-vous enfin fait un bon choix ? La dernière fois que l'on s'est rencontrés, ajouta-t-elle, un peu plus sombre, David avait fait les frais de votre manque de foi.

À cette évocation, les larmes montèrent aux yeux de Clarence Fertennant. Ainsi elle savait ? Il se rappela d'un coup le corps du jeune homme, disloqué en bas de la falaise battue par les vagues furieuses, et le visage de cette femme, entourée d'une forêt sombre d'Allemagne. Elle avait tant changé ! Alors, c'était une adorable, trop adorable jeune fille brune aux manières timides…

— Mais aujourd'hui, ajouta-t-elle, vous ne pouvez rien contre moi. Regardez-les, fit-elle en balayant la salle d'un geste large et théâtral de son éventail de plumes, l'âme bleue ne bougeant plus devant elle : ils sont totalement sous mon charme. Ils vous tueraient si je le leur demandais. Ce que ma foi, je compte faire de ma propre main.

— Anna ! Anna... Qu'avez-vous fait ? cria le professeur.

La Grande Demoiselle sourit en entendant son prénom. Elle aimait tellement quand ils la suppliaient ainsi… Et cela faisait si longtemps que Clarence ne l'avait pas appelée d'une manière aussi intime ! Mais elle retrouva en un instant son implacable cruauté. Il ne la charmerait pas, cette fois-ci.

— Rien qu'ils n'aient souhaité. Je suis du plaisir à l'état pur. Ils se dévouent pour moi.

Clarence s'avança, brandissant son masque comme une arme.

— Expliquez-vous !

— Vous, pauvres êtres humains, minables petites choses, vous avez tellement besoin d'amour, de reconnaissance... Vous êtes si pétris de doutes que vous feriez n'importe quoi pour qu'on vous remarque et qu'on vous aime. Vous sacrifieriez tout. Même votre vie, cette petite chose qui fait que vous êtes uniques... Et moi, j'ai besoin de ça. J'ai besoin de ce que vous pouvez avoir de meilleur. Je me nourris de votre talent.

Roxane bouscula deux hommes immobiles pour avancer.

— Nerval, c'était vous ?

Le sourire d'Anna se transforma en un rire éclatant, sublime, envoûtant comme un chant de sirène.

— Qu'il était délicieux ! Son esprit, un festin de roi ! Une nourriture exquise ! répondit-elle, toute joyeuse, presque en extase.

Un mouvement de foule rapprocha Roxane et le professeur du poète subjugué, et Roxane, un instant devenue invisible sous cette marée humaine, eut l'idée de se rouler en boule pour éviter d'être à son tour possédée. Elle se boucha les oreilles et ferma les yeux de toutes ses forces. Il fallait qu'elle se concentre, qu'elle trouve un moyen de le sauver.

— Il vous a donné ce qu'il avait de meilleur ? demanda le professeur.

— C'est ainsi. Son talent est passé en moi. Je n'ai plus laissé qu'une coquille vide, un grelot qui ne tinte plus. Sans cette lumière qui les tient debout, ils se suicident tous à la fin. C'est dommage… fit-elle avec une moue de petite fille boudeuse : certains étaient de très bons amants !

De nouveau, elle éclata de rire.

— Et vous n'avez donc aucun remords ?

— Aucun.

Anna étendit de nouveau son éventail pour appeler à elle l'âme de Baudelaire, toujours prostré, immobile statue au milieu de la salle de bal silencieuse.

— Ce que j'ai fait, ajouta-t-elle en guise de conclusion, n'est rien à côté de ce que *vous*, vous avez commis. C'est *vous* qui m'avez créée telle que je suis aujourd'hui. C'est votre crime qui m'a faite.

Les oreilles toujours bouchées, Roxane n'avait pas entendu ses derniers échanges. Elle ne vit pas non plus le visage du professeur se couvrir de larmes. Anna savait. Toutes ces années il avait fui pour rien. S'il avait affronté son avenir, aujourd'hui, rien de tout cela ne serait arrivé. Perdu, découragé, il laissa sa tête tomber sur sa poitrine, vaincu.

— *Souvent, pour s'amuser, les hommes d'équipage,* prononça une petite voix montant petit à petit au milieu de ce silence,

Prennent des albatros, vastes oiseaux des mers

Qui suivent, qui suivent... Merde, je sais plus la suite !

La Grande Demoiselle s'arrêta de nouveau un instant, et l'œil noir de Baudelaire cligna, comme si quelque chose le dérangeait. Le professeur ne comprit pas tout de suite ce qui se passait, mais continua machinalement *l'Albatros*, qu'il connaissait lui aussi par cœur.

— *Qui suivent, indolents compagnons de voyage,*

Le navire glissant sur les gouffres amers.

Roxane ouvrit les yeux et regarda le poète et sa muse.

— Qu'est-ce que vous faites ? demanda cette dernière, un peu moins assurée, suspendant le mouvement de son éventail.

Le professeur avait compris, et saisit l'occasion inespérée de changer les choses.

— *À peine les ont-ils déposés sur les planches,* continuèrent de déclamer les Marcheurs du Temps de concert,

Que ces rois de l'azur, maladroits et honteux,

Laissent piteusement leurs grandes ailes blanches

Comme des avirons traîner à côté d'eux.

Roxane, voyant que Charles Baudelaire commençait à secouer la tête comme un dormeur pris de cauchemar, enleva les doigts de ses oreilles et se déplia pour se mettre lentement debout. Maintenant, sa voix et celle de son professeur résonnaient clairement dans la salle de bal.

— *Ce voyageur ailé, comme il est gauche et veule !*

Lui, naguère si beau, qu'il est comique et laid !
L'un agace son bec avec un brûle-gueule,
L'autre mime, en boitant, l'infirme qui volait !

La lueur bleue cessa d'avancer vers la Grande Demoiselle qui, affolée, regarda les centaines de convives sortir eux aussi peu à peu de leur torpeur. Baudelaire n'avait plus les pupilles dilatées, cessait de s'agiter et semblait recouvrer sa raison. Quant à Clarence Fertennant, il s'essuya le visage. Il avait retrouvé son sang-froid.

— *Le Poète est semblable au prince des nuées*, déclamèrent les Voyageurs,
Qui hante la tempête et se rit de l'archer ;
Exilé sur le sol au milieu des huées,
Ses ailes de géant l'empêchent de marcher !

La lueur bleue, la petite âme du poète trembla et regagna sa poitrine, et la libellule redevint une broche sur la robe d'Anna. Ce fut comme si tout ce qui faisait l'essence de leurs êtres, le meilleur d'eux-mêmes, passait de l'un à l'autre. Le poète fut sublime et la muse déchue. Les bruits des conversations reprirent graduellement, Baudelaire s'effondra sur le sol, et Anna, qui n'avait plus rien d'une grande demoiselle, regardait maintenant Roxane et Clarence relever le poète un peu égaré, mais intègre, nimbé d'une aura de génie qui ne le quitterait jamais plus. Le monde reprit sa course. Entre Roxane Marty et Clarence Fertennant, Charles Baudelaire rajusta la veste de son costume. Anna, dépouillée de toute la prestance et du génie qu'elle avait dérobé ces dernières années aux plus grands poètes, n'était plus qu'une petite chose terne et sans éclat. Personne ne la remarquait plus.

Comme s'il ne s'était absolument rien passé, les musiciens reprirent leur valse et les danseuses les bras de leurs cavaliers. Humiliée, la petite demoiselle brune disparut en courant de l'hôtel, non sans s'être pris les pieds dans ses soieries qui n'avaient plus rien d'élégant. La dernière image qu'on eut d'elle fut celle de ses ailes de libellule cassées, gaze déchirée tendue sur des armatures ridicules.

Charles Baudelaire, qui ne se souvenait de rien, partit à la recherche d'un verre de champagne, le gosier soudain très sec. Le Temps reprit sa marche.

— Comment avez-vous su ? demanda le professeur après un long moment de flottement.

Roxane, nullement émue de ce qui venait de se passer, haussa les épaules.

— Je me suis dit qu'il fallait lui rappeler qui il était, lui redonner confiance en lui. Je n'aurai pas aimé qu'elle lui vide la tête comme une noix, comme elle l'a fait avec l'autre.

Le professeur ne lui avouerait jamais, mais il l'admirait. À cet instant, il sut qu'elle resterait à ses côtés plus longtemps que tous les autres. Roxane regarda les valseurs et se mit à marquer la mesure du pied.

— Vous croyez qu'on a remis l'histoire en ordre ou bien qu'on n'aurait jamais dû être là ? demanda Roxane, visiblement démangée par l'envie de danser : Charles Baudelaire était-il vraiment destiné à écrire *les Fleurs du mal* ?

Le professeur abandonna son éternel sourire et se gratta la tête avec le nez de son masque.

— Il les a déjà écrites. Peut-être que maintenant, il aura la confiance en son génie. Peut-être qu'on l'aura aidé pour la suite. Ou peut-être pas. En fait, j'ai bien peur de vous décevoir. Je crois qu'on ne le saura jamais. Ce qui est sûr, c'est que dans deux ans, il y aura droit, à son procès. Il soupira et remit son long nez rouge : vous dansez ?

Roxane accepta sa main avec un grand sourire.

— Avec plaisir. Je ne pensais pas que vous saviez.

— Roxane, dit le professeur en l'entraînant dans un tourbillon, il y a plein de choses encore que vous ignorez sur moi, et que vous ignorerez toujours. Je suis votre professeur, ne l'oubliez pas.

Roxane baissa la tête, un peu vexée.

— C'est vous qui m'avez proposé de danser, répliqua-t-elle, mesquine : c'est certainement pas un comportement de prof, ça, non ?

M. Fertennant eut un sourire fugace et changea de conversation.

— Je ne vous remercierai jamais assez. Je crois, non, je suis sûr que nous avons encore pas mal de voyages devant nous.

— Alors, c'est signé ?

— En effet. Vous vous en êtes très bien sortie ! Sans vous... Il hésita et tenta de faire de l'humour : je rajouterai juste une clause sur les méchants à combattre.

Roxane éclata de rire, ferma les yeux, grisée par la valse, et se pencha à son oreille.

— Qui était-elle ? demanda-t-elle plus doucement. *Où* l'avez... ou plutôt *quand* l'avez-vous connue ? Le professeur eut un sourire triste. Elle vous a appelé Clarence, ajouta-t-elle. Et vous Anna. Ne détournez pas la tête.

— Ailleurs, autrefois... demain. Que sais-je. C'est une longue histoire. Un jour peut-être. Disons que... Il hésita, regarda par une fenêtre les flocons qui valsaient comme eux et se reprit : je n'ai pas envie d'en parler.

Elle n'insista pas. La musique cessa, ils se retrouvèrent immobiles, l'un en face de l'autre.

— Et maintenant, où allons-nous ? lança-t-il, son sourire de Chester refaisant surface.

Roxane haussa les sourcils et se réjouit. Voilà, elle devenait officiellement sa collègue.

— Après toute cette mélancolie... j'aimerais quelque chose de plus joyeux, non ?

Le professeur lui lança un clin d'œil, et la tira en courant par la main vers la sortie.

— Toujours à Paris ?

— Toujours à Paris.

Et dehors, sous la neige qui tombait doucement, le professeur Clarence Fertennant prépara leurs chaussures pour un autre voyage.

Cachée sous un porche, non loin d'eux, Anna Goldstein de Saxe les regarda disparaître.

Chapitre II – L'automate d'aquarelle

*

« Un instant a souvent changé l'ordre des choses »
M. de Rotrou, Antigone (1637)

— 24 juillet 1658 —

— Hola, vos quinze sols !

— J'entre gratis, répliqua Roxane, en frappant du pied sur le sol.

Les bottes de mousquetaire lui donnaient du panache.

— Et pourquoi ça ? demanda le portier à l'entrée de l'hôtel de Bourgogne.

— Je suis chevau-léger de la Maison du Roi !

Le portier fit une drôle de tête en baissant les yeux vers la toute petite Roxane, dont les appas généreux, malgré le costume d'homme qu'elle portait, avaient bien du mal à cacher qu'elle ne soit une femme, et certainement pas un chevau-léger. Il lui sourit, mesquin, puis reporta son regard sur l'homme derrière elle, qui semblait être son domestique. Le grand nègre, l'air visiblement navré, lui fit un clin d'œil et lui glissa les trente sols dans la main. Le portier les laissa passer. Roxane et le professeur Fertennant s'avancèrent dans le parterre.

— Mais pourquoi lui avez-vous dit ça ? demanda le professeur.

Roxane haussa les épaules et sans le regarder, sautilla sur place pour apercevoir la scène au-dessus de toutes ces têtes.

— Ça m'est sorti tout seul. On peut avancer ?

— Est-ce que vous savez au moins ce qu'est un chevau-léger ? demanda le professeur, excédé, la poussant devant lui pour atteindre plus facilement la scène, comme à un concert.

— Ben, un soldat ?

— Et vous croyez vraiment que vous avez l'air d'un cavalier ?

Roxane stoppa et planta ses grands yeux verts dans les siens.

— Quoi, s'amusa-t-elle, les deux mains sur les hanches : vous trouvez pas que j'ai la classe comme ça ? Franchement, ma redingote en jette, mon corset est trop sexy, j'adore mes bottes et puis mon épée, c'est la classe absolue ! ajouta-t-elle en sortant sa rapière de son fourreau.

— Mais rangez-moi ça enfin, bécasse ! s'insurgea le professeur en regardant autour de lui, mais personne dans la foule ne leur prêta attention.

Roxane obéit, non sans devenir aussi rouge que ses cheveux et son corset en cuir.

— Si je vous ai amenée ici, reprit-il, c'est que je sais votre amour pour le théâtre et *Cyrano de Bergerac*, pas pour que vous m'exterminiez des générations à venir juste pour satisfaire vos caprices d'enfant gâtée ! Vous me faites honte !

Roxane croisa les bras, vexée, et se tourna vers la scène. Il la regarda, excédé. Depuis qu'elle avait signé son contrat, elle prenait davantage de libertés. Après Paris en 1855, ils avaient entrepris quelques autres séjours dans le passé où elle frôlait chaque fois la catastrophe, mais se rattrapait à la dernière minute.

— Je sais être sérieuse ! s'exclama-t-elle.

— Alors pourquoi ne l'êtes-vous pas ? répliqua-t-il un ton plus bas, ses mains suivant sa pensée, pour la tempérer.

— Parce que la vie est tellement plus chouette quand on a pas un balai dans le... et elle mima le reste de sa phrase en se redressant et copiant d'une manière bluffante l'air guindé de son professeur.

Ce fut à son tour d'être vexé. Il ne pouvait résilier leur engagement pour cause d'insolence envers lui, mais pensa très fort à le faire. Les autres étudiants avaient tous eu du respect pour lui, et elle se permettait des familiarités !

— Taisez-vous, la pièce va commencer.

Trois coups sourds marquèrent le début de la pièce.

Une actrice bien en chair et qu'on aurait dit vêtue de tapis persans se planta au milieu de la scène.

— *Qu'ils ont bien à propos usé de mon sommeil,* déclama-t-elle, roulant les R d'une voix que Roxane jugea atroce :

Ils n'ont pas appelé ma voix à leur conseil ;
Et lorsqu'ils ont voulu tenter cette sortie,
On a bien su garder que j'en fusse avertie.

À entendre ces vers, Roxane se décomposa à vue d'œil. Quoi, c'était comme ça qu'ils jouaient autrefois ? Quelle horreur ! Des statues qui, dans des costumes ridicules, beuglaient leur texte sans la moindre once d'émotion ?

— *C'est bien, ô nuit, c'est de tes plus noirs pavots,* continuait Jocaste.
Que tu m'as distillé ce funeste repos.
Mais quel chef les conduit ?

Roxane poussa son professeur du coude.

— Sérieux, on dirait pas une marchande de poisson ?

— Roxane voyons…, la réprimanda-t-il avec un sourire amusé, n'en pensant pas moins.

Un jour, se dit-il, il l'emmènerait voir Shakespeare. Même s'il n'y avait que des hommes sur leurs planches, les Anglais avaient l'avantage sur les Français de ne pas faire dans l'ampoulé et l'antique déconnecté du peuple. Il lui fit part de ses pensées.

— Je ne savais pas non plus qu'on jouait ainsi. Après tout, c'est votre domaine et puis, quand on a le texte sous les yeux, on ne pense pas spécialement à cet aspect des choses. Cependant j'ai pu assister à quelques vrais Shakespeare et…

— Vous plaisantez ? l'interrompit-elle, les yeux ronds.

— Euh, non. Quand on visite Londres, c'est la moindre des choses.

— Quand on visite Londres… mais pas au XXIe siècle. Je ne m'y habituerai jamais ! Allez, racontez-moi !

Un sourire apparut sur le visage de M. Fertennant, et devant cet enthousiasme, il s'exécuta, ravi.

— À vrai dire, je n'ai pas vraiment *vu* Shakespeare, j'ai juste assisté à quelques-unes de ses représentations. Car figurez-vous que ce n'est pas vraiment lui qui a écrit ses pièces.

Roxane acquiesça, des étoiles plein les yeux. Enfin elle allait savoir la vérité sur la paternité des œuvres les plus célèbres au monde !

— En vérité, c'est une femme qui...

— Pardon ? l'interrompit-elle. Mais pourquoi n'y allons-nous pas tout de suite ? Pourquoi vous ne me l'avez pas dit avant ?

— Euh, ce n'était pas notre priorité, à l'époque. J'avais avec moi un étudiant en sciences économiques et nous travaillions sur l'impact du mercantilisme de la Renaissance sur notre société actuelle, ainsi que sur l'émergence de la notion d'économie politique. Nous n'avions pas de temps à perdre à résoudre l'énigme des Pièces Perdues du Barde ou je ne sais quelle autre aventure qui vous trotte dans la tête. Roxane eut un demi-sourire. Il commençait à bien la connaître : c'était juste quelques soirées comme ça, ajouta-t-il en haussant les épaules.

— Changeons d'époque, et allons le voir ! l'implora Roxane en se cramponnant à son bras comme une gosse à celui du père Noël.

— Et bien en vérité, ce n'est pas notre domaine d'études là encore. Nous avions bien délimité notre champ d'action : la littérature française à partir de l'Époque moderne, ce qui est déjà bien large !

Roxane croisa les bras, boudeuse, et tenta de discuter le point avec véhémence, mais en vain. Jocaste, Créon et Antigone n'eurent bientôt plus aucun intérêt pour eux, beaucoup moins que Shakespeare en tout cas, et c'est sans s'en rendre compte qu'ils en arrivèrent à l'entracte. Le professeur, un peu déboussolé par le bruit de la foule qui s'éleva soudain et le changement d'ambiance, regarda autour de lui les gens s'agiter.

— C'était bien la peine de voyager jusqu'ici pour discuter de ça ! conclut-il. Je me laisse toujours emporter par mes histoires… Mais maintenant, observons et étudions. Profitons de la grande chance que nous avons.

— Bien m'sieur.

Roxane se morigéna intérieurement : c'était vrai qu'elle vivait là quelque chose d'extraordinaire ! C'était même elle qui avait choisi cette date et cette pièce de théâtre en particulier. Pourquoi se laissait-elle toujours emporter par sa curiosité et son caractère passionné ? Ils se retournèrent vers la scène pour attendre la fin de l'entracte.

Mais la pièce ne reprit pas. Bientôt le parterre se mit à gronder, puis à huer les acteurs qui ne réapparaissaient pas. Dans les coulisses, des mouvements se firent entendre, puis des cris, et un hurlement de douleur intense imposa le silence. Antigone arriva sur la scène dans un état lamentable, défigurée, proche du cadavre, et pour la première fois depuis une heure, joua remarquablement bien la détresse.

Plantée au milieu de la scène, les couleurs de son visage, puis de ses cheveux, et enfin de ses habits se délavèrent, fondirent et se répandirent en grandes flaques sur le plancher de bois. Elle n'était plus qu'une statue grecque, les mains tendues dans un geste implorant, qui aurait pris la pluie pendant des siècles. Tout son corps s'éroda, bientôt ses traits s'effacèrent, elle fondit comme un tas de sucre sur lequel on aurait renversé un baquet d'eau, et il n'en resta plus qu'une mare sur le sol. Les cierges qui éclairaient le devant de la scène s'éteignirent dans des grésillements et une fumée âcre s'éleva. Antigone s'était répandue, non pas en larmes, mais en litres. La foule prit peur mais ne bougea pas, pétrifiée.

Derrière ce qui restait de l'actrice, dans le fond du théâtre, entre deux cyprès du décor, un petit automate s'avança. Il avait le corps d'un enfant, habillé d'un pourpoint de soie rouge, mais sa tête était toute de porcelaine. Derrière le masque inexpressif et blanc de son visage, on entendait des bruits d'eau. Un homme vêtu d'un costume de médecin, d'un bond leste, sauta sur la scène et s'approcha de lui, non sans éviter soigneusement la flaque d'Antigone, pour faire son office et tenter d'apporter son aide. Les autres acteurs de la troupe s'approchèrent eux aussi, craintifs, et celui qui jouait Créon, trempé, le mit en garde, le bras tendu devant lui et des larmes plein les yeux.

— Non, ne le touchez pas ! Il a tué ma Rose !

À ce nom qui n'était pas celui d'un personnage, les spectateurs comprirent enfin que ce qu'ils avaient sous les yeux n'était pas du jeu, mais une véritable tragédie. Certains cherchèrent à partir, mais se trouvèrent confrontés à des portes fermées.

— Clarence, je sais que vous êtes là, annonça une voix étrangement familière, venue de nulle part.

Clarence frissonna et Roxane porta instinctivement la main à son épée. Les spectateurs levèrent la tête dans tous les sens pour savoir d'où venait cette voix féminine.

— Montrez donc votre si noir visage, si vous l'osez, reprit la voix. Roxane regarda son professeur, qui ne bougea pas d'un pouce : très bien, ironisa la voix, dans ce cas...

Et l'automate, qui s'était immobilisé, s'approcha de la personne la plus proche de lui, à savoir le médecin. Celui-ci voulut fuir, sentant instinctivement un danger, mais ses pieds restèrent cloués au sol. Il se produisit avec lui la même chose qu'avec l'actrice : en quelques secondes, il disparut aussi vite qu'une aquarelle détrempée par un orage. Un éclat de rire hallucinant écorcha les oreilles du public.

— Ah ah ah ! Clarence, si vous pouviez voir votre tête ! C'est à mourir… de rire.

Le professeur Fertennant était complètement effondré, et l'humour de la blague ne se lisait pas sur son visage. Il n'avait jamais été courageux, mais plus d'une fois, les circonstances l'avaient forcé à l'être. Cette fois-ci encore, il savait que le moment était venu de faire preuve de bravoure. Quand il ne s'agissait que de lui, la lâcheté et la fuite prenaient le pas, mais quand il y avait d'autres vies en jeu, c'était autre chose. Il devait se battre, au moins pour Roxane. Rassemblant ses forces, tremblant de peur mais s'efforçant à tout prix de le cacher, il se fraya un chemin dans la foule et monta à son tour sur la scène.

— Anna ! cria-t-il d'une voix mal assurée, tournant sur lui-même : montrez-vous !

— Mais cela viendra, ne vous en faites pas. Pour l'heure, je suis bien heureuse d'avoir réussi à vous faire montrer le bout de votre nez. J'aurais continué sans ça à les tuer tous, et nous nous serions noyés dans un océan de larmes…

Clarence eut un hoquet de surprise, et se prit la tête entre les mains. Comment cette femme avait-elle pu changer à ce point ? Et comment était-elle venue jusqu'ici depuis 1855 ?

— Mais qu'est-ce que vous me voulez ?

— Mais enfin, je veux votre mort, c'est évident.

Roxane s'approcha de la scène, la main sur le pommeau de son épée. Peu importait pour l'heure qu'elle ne sache escrimer, elle s'en servirait. Mais quelque chose d'indéfinissable la poussa à attendre encore un peu… comme si des révélations allaient être faites. Le professeur eut l'air encore plus abasourdi, si possible, et le public, comme les acteurs, retint son souffle.

— Qu'est-ce que j'ai bien pu vous faire ?

La voix d'Anna se brisa.

— Idiot… Vous le savez très bien. Vous m'avez privé de ce que j'avais de plus cher.

Roxane fronça les sourcils. Quoi, cette femme réduisait en flaques des pauvres types qui ne lui avaient rien fait uniquement par dépit amoureux ? Les poètes auparavant, c'était pour la même raison ? Tout ça parce que son Clarence était parti ? Maintenant, Roxane en était sûre, son professeur et cette Anna avaient eu une histoire autrefois. Elle ne chercha pas plus loin et se précipita sur la scène, l'épée à la main et les cheveux décoiffés par le vent d'une main héroïque. D'un geste ample et violent, elle asséna le pommeau de son épée sur le crâne de l'automate, qui explosa en éclats blancs, répandant un liquide bleu sur le sol, et tira le professeur par la main, totalement hébété, pour le faire sortir au plus vite d'ici.

— Allons-y ! hurla-t-elle.

Le temps qu'Anna descende sur la scène, ils étaient déjà partis. Vêtue de noir, mais à la mode du XVIIIe, les cheveux également noirs et recouverts d'un voile de deuil, elle fit une furieuse impression. On crut voir la Mort en personne descendre du ciel. Il y eut un mouvement de panique : les spectateurs se mirent à hurler et se précipitèrent vers la sortie. En quelques secondes, le parterre fut vide et le sol jonché de chaussures perdues, de plumes cassées ou de bouteilles vides. Anna, seule au milieu d'une scène inondée, rageait.

De nos jours

— Dites, c'était pas la rue de Solferino ici avant ? s'étonna Roxane, totalement essoufflée, encore tremblante du voyage et de la course sur ses bottes de mousquetaire.

Le professeur regarda la plaque bleue qu'elle lui montrait du doigt, et fronça les sourcils.

— Je n'ai jamais été versé dans le plan de Paris moi vous savez…

— Enfin quand même !

— Ce qu'il faut, c'est se repérer à la tour Eiffel pour se diriger. Regardez ! Et il se plaça bien en face. Maintenant nous savons que… Il s'interrompit et pencha la tête sur le côté, comme un petit chien qui s'interroge : ils l'ont repeinte récemment ?

Roxane devint blême en la regardant à son tour.

— Elle est toute blanche. Blanche et scintillante. C'est sympa de la voir comme ça, mais, professeur, je crois qu'on a un léger, un insignifiant petit problème.

Désemparés, ils se regardèrent un long moment avant de formuler à voix haute ce qu'ils pensaient tous deux : il s'était produit quelque chose en 1658 qui avait totalement modifié l'avenir. À savoir leur présent à eux, au XXIe siècle.

Ils décidèrent de commencer par le plus simple pour comprendre ce qui s'était passé, et cherchèrent la station de métro qui devait logiquement porter également le nom de Solferino, quai Anatole-France, qui lui n'avait pas perdu son nom. Devant l'endroit où elle se situait avant, ils restèrent totalement interdits. Il n'y en avait pas, de station. À la place, on trouvait le parking d'une gare. Roxane porta les mains à sa bouche, dépitée, en voyant l'immense bâtiment.

— Nom de Zeus ! Le musée d'Orsay ! Le musée n'existe pas ! C'est toujours une gare !

Le professeur dut lui tenir le bras pour qu'elle ne tombe pas à la renverse. Voyant son désarroi, il la serra contre lui.

— Ne vous en faites pas… ça m'est déjà arrivé quelques fois.

Elle leva vers lui des yeux pleins de larmes.

— Vraiment ?

Il détourna le regard.

— Et bien à vrai dire… pas à ce point. Je n'ai jamais eu le droit à une nouvelle ligne temporelle aussi importante. Enfin je crois. Pour que tant de choses aient changé… mais nous nous en sortirons, vous verrez. Si vous ne commettez pas d'autres bourdes.

Roxane sécha ses larmes.

— Parce que c'est de ma faute peut-être ? À ce que je sache, cette Anna, ce n'est pas à moi qu'elle en veut ! Puis, voyant la figure dépitée de son professeur, elle changea de ton et de conversation : très bien, dans ce cas, mettons-nous à la recherche d'une bibliothèque pour y comprendre quelque chose. À moins que ça n'existe plus ça non plus ?

— Roxane, vous êtes à Paris ! Les bibliothèques existeront toujours ! Mais voyons plus grand, allons au Louvre si nous voulons comprendre l'histoire !

— D'accord. Si vous le dites.

Et ils se mirent en route. Ils traversèrent le Pont Royal, non sans avoir remarqué que la voie Georges-Pompidou avait aussi été rebaptisée, et portait désormais le nom de voie Henri-VI.

— Au fait, vous avez pas froid comme ça ? demanda Roxane en se retournant vers son professeur, qui était presque devenu bleu et claquait des dents.

C'est qu'ils étaient passés de juillet à décembre en moins d'un quart d'heure, et il ne portait sur le dos qu'une chemise blanche. Il acquiesça et elle lui passa sa redingote rouge. Maigre comme il était, il flottait dedans.

Après quelques bonnes minutes de marche qui les réchauffèrent, ils arrivèrent devant l'entrée sud du palais, face à des gardes vêtus d'un uniforme bleu qu'ils n'avaient jamais vu dans aucun livre d'histoire, à mi-chemin entre une casaque de mousquetaire et une redingote de dandy, rebrodé de fleurs de lys d'or. Dans leurs boîtes en bois également bleu roi, ils ressemblaient à des jouets sur une étagère.

— Vous croyez qu'ils sont comme les Anglais, murmura Roxane à l'oreille de son professeur, qu'ils ne disent rien si on leur fait la grimace ?

— Je n'en sais rien, mais voyez-vous, je ne préfère pas essayer. Je n'aimerai pas finir ma carrière embroché par une hallebarde qui n'aurait jamais dû exister.

Le musée n'existant plus, et la pyramide non plus d'ailleurs, ce qui aurait réjoui un certain nombre de personnes dans leur propre réalité, il fallut qu'ils retournent à la première idée de Roxane, à savoir, trouver une bibliothèque. Par chance, dans ce qui avait changé, il y en avait maintenant une flambant neuve que l'on indiquait partout depuis la gare d'Orsay, située à peu près à la place de l'ancien palais de l'Élysée. En réalité, c'était bien l'Élysée tel qu'ils l'avaient toujours connu, mais que Napoléon Ier n'acheta jamais, et qui avait évolué dans une tout autre direction, comme ils l'apprirent en entrant dans le hall principal. En réalité, c'était devenu une bibliothèque, mais pas n'importe laquelle : c'était LA Bibliothèque.

— « La Bibliothèque Nationale du royaume de France, créée en 1789, est depuis les travaux de 1991 un complexe innovant en matière de culture », disait entre autres choses la brochure d'accueil que Roxane lut à haute voix. « Elle s'étend sur six bâtiments nommés de A à F. Bla bla bla… et vous accueille 24 h/24 h. Bla bla bla. Vous y trouverez un centre de thalassothérapie évolué… » Roxane s'interrompit : mais c'est géant ici ! Un centre de thalasso dans une bibli ? Sérieux…

Le professeur Fertennant lut le reste de la brochure pour lui-même.

— Alors comme ça la France est restée un royaume… commenta-t-il. On n'a pas fait les choses à moitié. Ils citent 1789 mais ne parlent pas de la Révolution. Vous croyez que cette date serait un croisement, un carrefour important dans l'histoire de la France, quelle que soit la ligne temporelle ?

— Je n'en sais rien, fit-elle, sceptique. Après tout, c'est vous le théoricien du Temps.

Il hocha la tête.

— Je me pencherais là-dessus plus tard. On commence ?

Roxane acquiesça et ils partirent à la recherche de la salle des usuels indiquée sur le panneau d'entrée. À chaque pas, Roxane s'extasiait.

— Je sais pas ce qu'il s'est passé mais c'est dingue comme c'est beau… On dirait que notre pays est devenu riche. Et vous avez remarqué dehors ? Pas un tag, pas un papier par terre, et même…

Le professeur continua sa phrase.

— Même que ça sent bon.

Ils se sourirent et s'installèrent l'un en face de l'autre avec des piles d'encyclopédies et de dictionnaires historiques.

— Bon, je sens que ça va être long, annonça Roxane, mais… ça me plaît bien.

— Les recherches sont la base de notre travail. Heureusement que ça vous plaît !

Et sur cette sentence, ils plongèrent le nez dans leurs livres, pour ne le relever que pour des remarques pertinentes. Au bout de quelques heures, le professeur se frotta les yeux.

— Donc toute la nouvelle évolution de notre pays vient de ce que Louis XIV est mort le 25 juillet 1658 à l'âge de 20 ans, et a été remplacé par son frère Philippe d'Orléans, sous le nom de Philippe VII.

— Un gay à la tête du pays, c'est cool, commenta Roxane.

— Roxane…

— Quoi ? Elle continua : ce qui est marrant c'est que dans notre histoire à nous, les historiens ont pensé que ce serait une catastrophe s'il devenait roi. Mais en fait, il s'en est pas trop mal sorti. Le pouvoir lui a mis du plomb dans la tête, on dirait. Il a réussi à conserver le trône en évitant les remous, a fait prospérer notre niveau de vie et tomber des préjugés plus tôt que prévu. Pas de Révolution, pas de Napoléon, et on est restés à fond dans l'art et la culture ! Qu'on aime ou pas, ça aurait pu être pire.

— Peut-être. Mais de toute façon, il va nous falloir remettre de l'ordre là-dedans.

— Vous êtes sûr ? minauda-t-elle. Je l'aime bien, moi, ce monde-là. Je pourrais devenir… Je sais pas moi, écrivain, ou comédienne, bien plus facilement. Y a que ça ici, des artistes ! remarqua-t-elle en appuyant son index sur le Who's Who de sa nouvelle année. Et puis les femmes ont eu le droit de vote en 1856 !

Le professeur poussa le livre sur le côté.

— Je vois parfaitement où vous voulez en venir. Il en est hors de question. Roxane fit semblant de bouder. Ce que je ne comprends pas, c'est comment on a pu tuer Louis XIV la veille de sa mort, ajouta-t-il pour changer de conversation.

Roxane fronça les sourcils.

— Hors contexte, cette phrase serait complètement stupide.

— Nous *sommes* hors contexte. Qu'a-t-on bien pu faire ? On ne pouvait même pas le croiser, il était avec sa cour à Compiègne. Qu'est-ce que notre incartade à l'hôtel de Bourgogne a à voir avec sa maladie ?

— Peut-être que c'est cette Anna ? hasarda Roxane, qui ne comprenait pas pourquoi il n'avait toujours pas parlé d'elle et de ce qui les avait forcés à s'enfuir, mais n'avait pas osé aborder le sujet. Un nuage noir passa sur le front du professeur. C'est vrai quoi ! s'emporta--t-elle, excédée. Ça ne peut être qu'elle ! Et puis d'abord, c'est qui ? Pourquoi vous ne voulez pas m'en parler ?

Clarence hésita et se fit agressif.

— C'est… comment dire ? Délicat. Je la connais, oui. Mais je ne vous en dirai pas plus. Excepté que je ne sais pas pourquoi ni comment elle fait toutes ces choses.

Il soupira.

— Mais elle maîtrise aussi les voyages temporels ?

— Ce n'est pas possible. Je pense plutôt qu'elle nous a suivis les deux fois où nous avons traversé une porte temporelle.

— Comment elle fait ?

— Je n'en sais rien. Toujours est-il que je ne vois pas l'intérêt qu'elle aurait eu à changer ainsi le cours des choses. Elle est allemande. Et si j'en crois ces ouvrages, dit-il en tapotant celui qui se trouvait devant lui de l'index, dans la nouvelle ligne temporelle, l'Empire germanique est loin d'avoir été épargné. Ils ont été annexés en 1839 et sont depuis sous notre joug. Il faut chercher une autre théorie.

Ils replongèrent dans leurs réflexions, brisées au bout de quelques minutes par un cri strident de Roxane.

— Mais oui ! J'ai trouvé !

— Silence s'il vous plaît ! les tança la bibliothécaire en charge de la surveillance.

— C'est évident ! chuchota Roxane : le médecin sur la scène ! C'était le médecin du roi !

Le professeur Clarence Fertennant eut un sourire complice.

— Je crois qu'il va nous falloir remettre nos chaussures.

Une chaleur étouffante régnait de nouveau, et de nouveau l'odeur insoutenable flottait dans Paris.

— Crespin VII, c'est quand même ridicule comme nom de roi. Je préfère encore le nom de notre président, même si... Elle hésita. Heureusement qu'on va empêcher ça, dit Roxane en riant, les mains sur les genoux.

Le professeur, essoufflé, porta la main à son cœur.

— Ne vous réjouissez pas trop vite, murmura-t-il. Le plus dur est à venir. Nous n'avons même pas de plan de bataille !

— C'est simple, lança Roxane, on fonce dans le tas !

Le professeur éclata de rire.

— Roxane, quand vous êtes en classe, je suis sûr que vous établissez des analyses plus subtiles. Ici, c'est le même problème. Tout débordement ou action d'éclat introduira forcément une nouvelle ligne temporelle, encore plus dure à remettre en place que la précédente. Ce qu'il faut, c'est neutraliser discrètement Anna de Saxe *avant* qu'elle ne produise ce chamboulement, et surtout, surtout, ne jamais croiser nos doubles qui sont déjà dans la salle. Nous n'avons droit qu'à un seul essai, sans quoi cela provoquera...

— Une rupture du continuum espace-temps qui déclenchera une réaction en chaîne aboutissant à la destruction totale de tout l'univers ! acheva Roxane en agitant les mains.

— J'allais juste dire : une catastrophe, mais c'est à peu près ça.

Elle éclata de rire à son tour.

— Quels sont nos avantages ? D'abord, compta-t-elle sur ses doigts, Anna ne sait pas que nous serons en deux exemplaires. Nous pouvons l'attaquer par surprise. Ensuite, j'ai une épée.

— Si vous pouviez ne pas vous en servir, la tempéra-t-il, j'aimerais autant.

— Vous étiez bien content que je l'aie, tout à l'heure, contre cette espèce... d'automate d'aquarelle.

— Je n'aime pas les armes.

Elle haussa les épaules.

— Et je ne sais pas me battre. Il faudrait quand même que j'apprenne, murmura-t-elle à part elle.

— Certes. Bon et bien, je vous propose de faire comme Ed Wood.

— Pardon ?

Il leva les yeux au ciel.

— Un réalisateur qui improvisait sur le plateau. Étant donné que nous sommes des êtres géniaux, tout ce qui sortira de nos cerveaux sera forcément génial.

— Ça me plaît, comme méthode, s'amusa-t-elle. Va pour l'edwoodisation.

*

La salle de théâtre était encore vide et l'on entendait juste, dans les coulisses, les voix des acteurs, un peu étouffées. Usant de son charme gamin, Roxane avait réussi à entrer par la porte des artistes sans monnayer les droits au portier. Ils découvraient tous deux, au sens premier, l'envers du décor d'une des plus célèbres salles de spectacle. L'hôtel de Bourgogne n'était peut-être pas aussi connu que le *Globe* dont ils avaient parlé récemment, mais ce n'était pas loin. Dans quelques années, les pièces d'un certain Molière y seraient jouées.

— Je n'aurai pas pensé que ce serait si petit, murmura le professeur.

— Mmmh.

— Ce que je vous dis ne vous intéresse pas ?

— Désolée. J'étais en train de me demander quand et comment Anna est entrée ici. Comment on allait faire pour l'empêcher de nuire. On sait qu'elle est passée par les coulisses pendant l'entracte puisqu'elle a réduit en flaque une certaine Rose, avant de descendre du ciel comme l'Ange de la Mort. Pourquoi les méchants aiment-ils tant les effets de théâtre ? se demanda-t-elle. Si elle voulait vous zigouiller facilement, il suffisait qu'elle vous attende chez vous, avec un flingue ou je sais pas moi, une poêle à frire !

Le professeur se mit à sourire. Il venait de s'imaginer assommé, avec la langue pendante et des petites étoiles en cercle au-dessus de sa tête, comme dans les cartoons.

— Jje suis à peu près sûr qu'elle ne peut me trouver que quand je traverse une autre époque temporelle, et qu'elle m'y suit.

— Peut-être qu'elle possède également des chaussures temporelles, hasarda Roxane.

— Totalement impossible.

— Pourquoi ça ?

— Il ne reste plus que deux paires de semelles psychotemporelles dans l'univers. Et nous les portons.

— C'est pas forcément des godasses. Peut-être qu'elle a un vélo, ou une voiture, ou une montre temporelle ?

— Totalement impossible. Un vélo temporel ? C'est ridicule. Et pourquoi pas une cabine de téléphone temporelle tant qu'on y est ?

Roxane haussa les épaules.

— Il faut qu'on se mette côté jardin, dit-elle pour changer de conversation, vexée. J'ai eu une idée.

Elle avait l'air si sûre d'elle-même que M. Fertennant ne broncha pas et la suivit. Ils se cachèrent dans les décors, entre les dizaines de cordes bardées de lest qui permettaient de changer les panneaux de bois peints. D'un rapide coup d'œil, Roxane évalua la situation et se plaça à un point stratégique dont elle ne bougea plus, à l'extrémité de la scène, de là où elle pouvait voir à la fois les coulisses, les décors et le parterre sans être vue. D'un ton sec, elle ordonna au professeur de se cacher parce qu'elle n'avait pas besoin de lui.

Les spectateurs commencèrent à remplir le parterre et les balcons, le bruit devint de plus en plus fort, et cela lui rappela ses années de théâtre au lycée, quand elle regardait si sa grand-mère venait la voir à travers les trous des rideaux. Mais aujourd'hui, c'était elle-même, comme dans un miroir, dont elle redoutait la venue.

— Surtout ne vous regardez jamais dans les yeux, chuchota le professeur, accroupi à ses pieds sous une toile, comme s'il avait devancé ses peurs. Cela pourrait être fatal.

— Bien, chef. Vieillir d'un seul coup ou quelque chose dans le genre ?

— Non, crise cardiaque. À vrai dire... Il hésita : on ne peut pas vieillir quand on est dans une époque qui n'est pas la nôtre. On est comme... une image figée.

— Hey ! s'offusqua Roxane en essayant de chuchoter. Merci de m'avoir tenue au courant ! Ça m'aurait arrangée ! Vous auriez pu le mettre dans le contrat !

— Je n'ai.. je n'ai pas trouvé l'occasion jusque-là, c'est tout. Le professeur s'agita sous sa bâche, mal à l'aise. Et si je ne mets pas ce point dans le contrat, c'est juste pour que mes élèves ne voyagent pas avec moi uniquement pour être immortels !

Roxane ouvrit de grands yeux et s'apprêtait à répliquer férocement quand trois coups sourds marquèrent le début de la pièce. Ils étaient maintenant dans la pénombre et Roxane voyait devant elle le gros derrière tapissé de Jocaste qui s'égosillait. Ils ne dirent plus un mot. Le moment de l'entracte arriva bientôt : Roxane dénoua une énorme corde et s'y agrippa fermement. Le professeur s'agita sous sa bâche, et les rideaux se fermèrent.

En face de Roxane, depuis l'entrée côté cour, Anna Goldstein de Saxe apparut comme par magie. Un rapide regard fut échangé entre les deux femmes. Un sourire léger passa sur le visage de Roxane, et Anna, étonnée, disparut sans un bruit sous trois énormes sacs de sable tombés du ciel.

— C'est fini.

Le professeur se débattit dans le tissu.

— Qu'est-ce qu'il s'est passé ?

Il surgit tout essoufflé à côté de Roxane et contempla les sacs, dont deux petits pieds dépassaient. Il porta sa main à la bouche.

— C'est tout ? demanda-t-il après un long moment.

— C'est tout.

Il y eut un silence rempli de tristesse. Mais le professeur balaya ses états d'âme et s'approcha. Des morts, il en avait vu des centaines.

— Et où est passé son automate d'aquarelle ? demanda-t-il.

— À mon avis, répondit Roxane, elle n'a pas eu le temps de l'amener.

— Je n'aime pas ça.

Sous les sacs de sable, il ne restait plus de la cruelle Anna de Saxe qu'une paire d'escarpins noirs à boucles d'argent. Son corps avait disparu. Le professeur les pinça entre trois doigts pour les examiner, comme on se saisit d'une couche sale. Quand il les retourna, il mit au jour des semelles rouge rubis parcourues de minuscules filaments d'or. Roxane se pencha sur son épaule.

— Des Semelles du temps, tiens donc ! Elle n'est pas morte, elle a disparu dans les limbes ! Mais merde, où est-elle allée !

— Vous devriez plutôt demander : « mais merde, *quand* est-elle allée ? ».

— C'est une coriace, votre ex.

M. Fertennant leva les yeux au ciel.

— Ne parlez pas d'elle comme ça.

— Quoi, vous vous l'êtes pas faite peut-être ?

Il soupira. Comment une étudiante aussi brillante, dont les travaux étaient toujours dans un français impeccable et particulièrement soigné, pouvait être parfois aussi vulgaire ?

— Si c'est ce que vous insinuez, oui, nous avons eu autrefois une aventure. Eh oui, Anna semble devenue du genre... têtue. Je crois que nous aurons encore affaire à elle. Quand, ça, c'est une autre histoire.

Il soupira et enjamba les sacs pour sortir de l'hôtel de Bourgogne, bousculant les acteurs étonnés qui ne savaient pas à quoi ils venaient d'échapper.

— Maintenant que tout est en ordre, conclut-il, et que le médecin du roi fera son travail demain, il nous faut revenir dans notre époque.

De nos jours

À Paris, il faisait de nouveau très froid, et la ligne temporelle était redevenue celle qu'ils avaient toujours connue. Assis sur un banc du jardin du Luxembourg, les deux chercheurs du Temps, grelottants, se remettaient bien mal de leur second retour.
— Professeur, geignit Roxane en mettant ses mains sur ses tempes, j'ai mal au crâne !
— C'est normal, tout à fait normal.
Le professeur esquissait, quant à lui, à peine une grimace, pourtant tous deux avaient la tête comme prise dans un étau.
— La douleur est d'autant plus intense que le nombre de nos souvenirs à modifier est grand, reprit-il. Comme nous avons… Il hésita ; qu'il n'aimait pas ce mot ! — éliminé Anna de la seconde trame historique, nos deux doubles ont assisté à la pièce jusqu'au bout, et sans encombre. Nous avons pu mener nos recherches à bien, et revenir ici sans aucun problème.
— Mais nous sommes en deux exemplaires ici aussi ?
— Réfléchissez un peu, fouillez votre mémoire.
Roxane se concentra intensément.
— Quand même, vous exagérez, dit-elle. Vous auriez pu me dire merci pour le café que je vous ai offert.
Le professeur afficha un air gêné.
— Certes. Merci.
Ils poussèrent tous deux un cri de douleur. Les deux lignes temporelles étaient en train de se croiser et leurs corps dédoublés ne devenaient plus qu'un.
— La vache, cria Roxane en secouant la tête, ça fait mal !
Le professeur poussa un gros soupir, et se tint bien droit, soudain en pleine forme.
— Où allons-nous maintenant ?
— Manger une énooorme pizza. Et c'est vous qui me l'offrez. Je n'ai pas mangé depuis à peu près deux jours !
Le professeur leva les yeux au ciel et se leva. C'était de bonne guerre.

Chapitre III – Les papillons de l'oubli

*

— 1er janvier 1817 —

— Je n'arrive pas à croire que vous soyez parvenue à me traîner jusque-là... soupira le professeur Fertennant. On avait pourtant expressément dit : pas de littérature étrangère. Et nous voilà, en plein Hampshire, dans ces tenues ridicules, à nous geler jusqu'aux os.

Roxane tapait légèrement du pied en rythme, découvrant par instant, sous sa robe époque Régence anglaise de mousseline blanche, une exquise petite ballerine de satin à la semelle rouge filigranée d'or.

— Si vous acceptiez de danser, aussi, gloussa-t-elle derrière son éventail de plumes blanches, ça vous réchaufferait.

— Je n'ai aucune envie de danser.

Roxane se retourna vers lui.

— Et au bal chez Dumas, alors ? répliqua-t-elle, cynique, en dégageant une boucle rousse de son front.

Le professeur rejeta la tête en arrière.

— Mais ça n'avait rien à voir avec... ça, soupira-t-il en montrant les deux rangées de danseurs bien alignés qui évoluaient sur le parquet ciré. Ce n'est pas de la danse, c'est une... stratégie militaire. Et ne me dites pas que vous savez danser cela.

La jeune fille plissa la bouche.

— Et bien il me semble.... que si, dit-elle tout bas, un sourire amusé sur les lèvres.

Le professeur se pencha vers elle et respira au passage le parfum de violettes qui émanait de son corsage.

— Pardon ?

Leurs têtes se touchèrent.

— Eh bien oui, murmura-t-elle, j'ai regardé toutes ces adaptations tellement de fois que je les connais par cœur. Je me suis bien préparée pour ce voyage, ajouta-t-elle en voyant un sourire poindre sur son visage. Même avant de vous connaître, je rêvais déjà de vivre ce genre de moments.

Elle se redressa, s'attendant à une moquerie qui ne manqua pas de venir.

— Non.... Vous n'avez pas regardé tous ces films uniquement pour préparer ce voyage ! Mais parce que vous les aimez ! Au fond, je parie que vous êtes une grande romantique.

Roxane rougit jusqu'à la racine des cheveux.

— Non, absolument pas !

— Si, insista-t-il en lui enfonçant l'index dans l'épaule, vous êtes une satanée *janeite* !

Roxane se renfrogna et fit un pas de côté pour s'éloigner de lui.

— Oui, oh... Et alors ?

Il se rapprocha d'elle.

— Je vous ai vexée ? Mais aussi ça m'étonne de vous... Qu'est-ce que vous, si indépendante et si féministe, pouvez bien trouver à ces histoires de mariages arrangés ? Ce n'est jamais que du roman sentimental.

Elle pointa un doigt accusateur sous son nez.

— Vous feriez bien de ne pas dénigrer le roman sentimental, hein. Y a pas de grands ou de petits genres, c'est vous-même qui me l'avez dit. Les histoires d'amour sont intemporelles.

— Certes, dit-il en haussant les épaules, et en regardant droit devant lui. Mais tout de même… Qu'est-ce que c'est comme danse ? lui demanda-t-il pour changer de conversation.

— Une contredanse française.

Un petit papillon noir, aux ailes légères et brillantes comme de la soie, passa devant lui.

— Qu'est-ce que c'est comme danse ? répéta-t-il.

— Je viens de vous le dire, une contredanse française.

Le professeur se frotta le nez, perturbé.

— Et vous savez la danser alors ?

— Oui.

— Il vous faudrait un cavalier. Franchement, j'aimerai bien voir ça, ajouta-t-il d'un air cynique. Allez donc en chercher un.

Roxane haussa les épaules.

— Si je vous dis que j'ai étudié les mœurs du temps, ce n'est pas pour rien. Avec tous vos voyages, vous ne le savez pas, ça ? C'est très inconvenant pour une femme d'inviter. Je dois attendre que l'homme me propose.

— Premièrement, j'ai beau avoir beaucoup voyagé, je n'ai jamais vraiment prisé les bals, et secondement, vous êtes en robe blanche de débutante : potentiellement, je fais figure de chaperon auprès de vous. Je doute que quiconque veuille vous inviter avec ma… tête.

Roxane lui enfonça son coude dans les côtes.

— Petit cachottier ! se moqua-t-elle, vous voyez que vous vous y connaissez !

— Lançons-nous dans un petit examen, proposa-t-il en regardant les jeunes gens qui, un verre à la main, se tenaient contre les murs. Quel parti pourrait convenir à notre Roxane nationale ? Il faudrait qu'il ait, pour commencer, un solide courage pour supporter votre caractère de chien !

— Eh ! Alors là je vous remercie ! Et ce que ça vous dérangerait d'éviter les sarcasmes ?

— Moi ? Autant vous demander d'arrêter de sourire, peine perdue.

— Oh, c'est mignon.

— Bon, le blond à droite ? Il est aussi petit que vous.

Elle l'examina, une moue vexée sur les lèvres.

— Non. Vous avez vu ce nez ?

— Ne me dites pas que vous avez quelque chose contre les longs nez, la charria-t-il, évoquant *Cyrano de Bergerac*, la passion de la jeune femme.

— Certes. Mais il me plaît pas.

— Alors… le brun, à côté de lui ?

— Il n'a pas l'air particulièrement bon danseur.

En effet, il se tenait renfermé, le dos courbé sur son verre, comme s'il excusait d'être là. Et voyant un jeune métis en redingote noire qui entrait à leur droite, le dos droit et le sourire enjôleur, elle le désigna d'un mouvement d'éventail.

— Celui-là.

Le professeur sursauta à sa vue.

— Non, répondit-il laconiquement.

Roxane le regarda un peu de haut.

— Et pourquoi pas ?

Un papillon noir voleta devant leurs visages.

— Regardez, s'extasia Roxane en suivant du regard une femme assise sur une chaise, et qu'ils n'avaient pas encore remarquée tellement elle était entourée de gens, des dames pour la plupart. C'est elle…

— Allez-y, l'encouragea-t-il.

Elle se mit à rougir.

— Vous croyez ? J'ai un peu peur. Mon anglais n'est pas très bon, et je…

— Lancez-vous enfin. On est là pour ça, non ? On a suffisamment préparé ce voyage, vous l'avez dit vous-même. Pour une fois que je vous laisse les commandes.... Posez-lui juste votre question.

Le jeune homme métis repassa devant eux et le professeur sursauta.

— Et ensuite, on s'en va, ajouta-t-il d'un air triste.

Roxane se fraya un chemin entre les invités du bal et s'approcha de la femme. Vêtue d'une robe sombre, les cheveux à moitié cachés d'un turban, Jane Austen répondait aux gens qui l'entouraient comme des abeilles autour de leur reine. Elle avait l'air en parfaite santé. Normalement, on aurait déjà dû voir sur son visage un signe de la maladie qui allait l'emporter dans l'année. Un instant, Roxane se sentit gênée ; ce n'était pas la même sensation que quand elle avait dansé avec Charles Baudelaire lors de son premier voyage : là, elle était tout intimidée à l'idée de parler à la femme dont les romans avaient nourri son adolescence. Pourtant, il fallait qu'elle sache !

— Miss Jane Austen ? s'enquit-elle, et son accent français fit tourner les têtes dans sa direction : comment se terminera *Sanditon* ?

Jane Austen ouvrit la bouche, un instant désemparée.

— Bien, je présume, se reprit-elle avec flegme, comme tous mes romans. Comment savez-vous le titre, miss... ? Elle hésita.

— Marty, précisa Roxane.

— Miss Marty. Je n'en ai parlé encore à personne. Je viens à peine de le commencer.

Un autre papillon noir sauva Roxane : elle n'eut pas à répondre, toutes deux avaient oublié les propos qu'elles venaient d'échanger. Roxane se trouva d'un coup dans une gêne terrible, sans trop comprendre pourquoi, et devant elle, la romancière s'affaissa un peu sur elle-même, comme si elle avait vieilli de quelques années. Son teint se fit terne, ses yeux plus brillants.

— Que souhaitez-vous, mademoiselle ?

Jane Austen hésita : elle avait encore oublié le nom de la jeune femme qui se trouvait devant elle. Roxane, les joues en feu, fit demi-tour et retrouva, presque en courant, Clarence Fertennant qui l'attendait toujours dans le coin de la salle.

— Alors, comment ça s'est passé ?

— Une… une horreur, balbutia Roxane. Je ne sais pas ce qu'il y a eu, mais soudain, comme un éblouissement. J'en tremble encore.

Le professeur sourit tendrement.

— Vous n'avez pas eu votre réponse alors ?

Roxane leva vers lui des yeux perdus.

— Ma réponse à quoi ? Oh... Je... Je n'en sais rien. Elle se frotta les tempes : j'ai mal à la tête. Et je ne sais pas pourquoi mais… Je n'ai pas la force d'y retourner.

Le professeur lui prit les mains dans les siennes.

— Je n'aime pas beaucoup vous voir comme ça. Vous voulez que j'aille lui demander pour vous ?

Elle acquiesça d'un mouvement du menton, reconnaissante, et le regarda s'éloigner parmi les danseurs, bien mis dans son bel habit bleu nuit. Il s'inclina devant la romancière.

— Mes hommages, la salua-t-il dans un anglais impeccable.

Les quelques dames autour d'elle le regardèrent d'un air on ne peut plus méprisant.

— J'aurai voulu… continua-t-il, mais un autre papillon noir, qu'ils regardèrent trop longtemps, passa entre eux.

L'un et l'autre firent une grimace de douleur. Le professeur porta les mains à sa tête et manqua de s'évanouir. Jane Austen se plia en deux dans une quinte de toux, et quand elle se releva, son visage était presque jaune, maintenant ridé profondément, et ses yeux rougis et bordés de larmes. Avec son bonnet blanc, elle avait désormais l'air d'une vieille femme. Des murmures de désapprobation parcoururent le groupe des admiratrices. Des mots comme « malédiction » et « sort » s'élevèrent même. On fit se lever la romancière, qui quitta la salle de bal bien mal en point, et ne reparut plus. Ce soir-là, commença pour elle le début de la longue maladie qui l'emporta dans la tombe. Quand le professeur retrouva Roxane, il était encore plus mal qu'elle.

— Je ne me sens pas très bien. Il se passe de drôles de choses ici.

Il ne se souvenait plus de ce qui venait juste de se produire avec l'auteur d'« Orgueil et préjugés », mais il lui en restait un malaise diffus et un mal de crâne à se cogner la tête contre les murs.

— Oui, approuva-t-elle, je suis d'accord. Est-ce que c'est le voyage qui ne se passe pas très bien ? On a fait quelque chose de mal ?

— Je crois, dit-il en apercevant le jeune métis qui reparaissait devant eux, sans doute à la recherche d'une cavalière, que deux lignes temporelles sont en train de se croiser.

Un papillon d'oubli passa, rapide.

— Ah, ma tête va exploser ! gémit Roxane en serrant nerveusement son éventail, si fort qu'il se brisa.

Mais elle se releva indemne, comme s'il ne s'était rien passé. Pas plus qu'elle, le professeur ne se souvenait de ce qu'ils venaient de dire. Le danseur se rapprochait d'eux.

— Vous saviez que dans *Sanditon*, demanda-t-elle négligemment, il y a un personnage métis ? Miss Lambe. Je me demande si ce jeune homme ne l'aurait pas inspirée.

Le professeur se renferma, et les yeux de la jeune fille passèrent de l'un à l'autre, interrogatifs.

— Vous le connaissez ?

— Non.

— Menteur. Si, vous le connaissez. Arrêtez de tout vouloir me cacher.

— Très bien, abdiqua-t-il. Il s'appelle David. David Frédéric Fertennant. C'est mon fils. Satisfaite ?

Il détourna son visage pour ne plus la voir. Roxane resta interdite sous la révélation… Son fils ? C'était la meilleure. Lui qu'elle avait toujours cru solitaire, voilà qu'il avait un enfant, et au XIXe siècle en plus. Et qu'il le lâchait comme ça, sans façon.

— Pourquoi vous n'allez pas le voir ?

Clarence la regarda de nouveau, et son éternel sourire avait disparu.

— Je ne l'ignore pas. Mais il ne sait même pas que j'existe. Il ne fera ma connaissance, et moi la sienne, qu'en juin de cette année. Sa mère m'avait caché sa naissance.

— Oh… Et par la suite, hasarda-t-elle, ne sachant comment lui parler, vous avez rattrapé ce temps perdu?

— Il y a des fois où même quelqu'un qui voyage dans le temps ne peut arrêter les choses. David sera mort en juillet. C'était inéluctable.

Cette fois-ci, Roxane ne sut pas quoi répondre, et regarda le bout de ses chaussures. Chaque fois qu'ils voyageaient ensemble, elle en apprenait toujours plus sur lui. Il avait eu une aventure avec une femme, Anna, qui avait juré de le tuer, et qui avait disparu la semaine précédente, en 1658, et aujourd'hui, voilà qu'il avait un fils au début du XIXe, et que celui-ci mourrait dans quelques mois. C'était à croire qu'il avait vu disparaître beaucoup de proches ainsi. Elle eut envie de le prendre dans ses bras, là, tout de suite, pour le réconforter, mais elle n'osa pas. Il n'était que son professeur, après tout… Et puis dans un bal comme celui-ci, les convenances étaient telles que le moindre faux pas vous faisait regarder de haut. Tout ce qu'elle avait voulu en venant ici, elle, c'était savoir comment se terminait le roman inachevé de Jane Austen, et danser comme dans les films qu'elle aimait tant. La romancière avait disparu, et si jamais elle se montrait trop proche de Monsieur Fertennant, personne ne l'inviterait. Elle soupira.

— Ne vous inquiétez pas pour moi, la rassura-t-il, en voyant sur son front des rides soucieuses. Cela fait presque deux cents ans qu'il est mort. Enfin, pour moi, plus de soixante-dix. J'ai eu le temps de faire mon deuil. Il tenta de changer de conversation : on vous le trouve, votre cavalier ?

— Je crois que… je n'en ai plus envie.

Des larmes coulèrent sur ses joues.

— Quelle bécasse celle-là, fit-il en levant les yeux au ciel. Allez, venez, et il lui présenta sa main pour l'entraîner dans un quadrille.

Ils s'insérèrent avec grâce au milieu des autres couples.

— Vous savez ! Vous savez danser ! s'émerveilla-t-elle.

— Évidemment.

— Plus de soixante-dix ans ? lui demanda-t-elle, revenant sur cette information qu'elle réalisait seulement.

— Vous vous souvenez que je vous ai dit qu'on ne vieillissait pas quand on était dans une autre époque ?

Il lui prit la main et tourna autour d'elle.

— Oui.

— Et bien j'ai… un peu trop voyagé. Je suis né en 1726.

Roxane rata sa figure et il la rattrapa habilement.

— Vous plaisantez ?

— Jamais.

— Votre enfance… ? demanda-t-elle.

— À St-Domingue. Mais c'est une histoire que je vous raconterai une autre fois… Dansons.

Un dernier papillon les emporta dans un tourbillon.

De nos jours

Quelques heures plus tard, quand ils se réveillèrent dans les appartements du professeur Fertennant, allongés sur l'épais tapis rouge dans leurs tenues de bal toutes froissées, frissonnants, ils ne se rappelèrent pas comment ni pourquoi ils étaient revenus dans leur époque. Une musique flottait dans leur tête, fugace transition entre les siècles.

Roxane, les yeux piquetés d'étoiles, observa le tableau au-dessus du bureau, le *Voyageur au-dessus de la mer de nuages* de Caspar David Friedrich. Elle ne s'était encore jamais rendu compte que le jeune homme représenté dessus aurait dû avoir des cheveux blonds, et non pas noirs et crépus, et encore moins la peau aussi foncée.

*

Jane Austen mourut le 18 juillet 1817. Le même jour, à la même heure, David Frédéric Fertennant s'abîmait d'une falaise de Fehmarn, au nord de l'Allemagne. Deux lignes temporelles se remirent en place, et les papillons de l'oubli disparurent avec eux.

Chapitre IV – Les Chevaliers d'Améthyste

*

« Je suis persuadée que vous ne resterez pas longtemps en ce lieu. Ce serait du temps perdu : vous partirez, et je n'en suis pas chagrine, car je ne serai pas courtoise si j'avais le moindre chagrin. »
Chrétien de Troyes, Perceval ou le Conte du Graal

— 28 mai 1180 —

— Vous êtes sûr qu'on est à Brocéliande ? chuchota Roxane, toute frissonnante dans sa cape de laine. J'imaginais ça plus… grandiose.

Le professeur Fertennant observa longuement l'endroit où ils avaient atterri, les yeux comme embrumés d'un sommeil profond. Tout était mort et silencieux. Au-dessus d'eux, les arbres tordaient leurs branches noires et nues, pareilles à des mains crochues. La terre était sèche, il n'y avait pas un seul brin d'herbe, pas une seule mousse, juste de la poussière grise et cendreuse sous leurs pieds.

Comme Roxane Marty, Clarence Fertennant tremblait, non pas de froid, ni de peur, mais des effets que le voyage temporel avait eu sur eux. Il la prit dans ses bras en voyant sa figure toute pâle. Il n'aimait pas du tout la voir dans cet état, elle si enjouée et pétillante d'ordinaire.

— Ça va aller, murmura-t-il en lui frottant énergiquement le dos. Vous verrez, dans quelques minutes, vous ne sentirez plus rien. C'est à cause de la distance. Plus nous voyageons loin dans le temps, et moins le corps supporte. J'aurais dû vous prévenir…

— Encore un point que vous n'avez pas mis dans le contrat, le plaisanta-t-elle, la voix pâteuse.

Ils restèrent enlacés de longues minutes encore, observant la forêt dans laquelle ils avaient posé leurs semelles si spéciales, et quelque chose de lourd satura l'air, posant une chape de plomb sur leurs épaules. Il n'y avait pas un seul bruit, pas un chant d'oiseau, pas un craquement de bois, et ce silence les mit mal à l'aise. Roxane ne voulut pas bouger. Elle se sentait bien comme ça, la joue posée contre le cœur de son professeur.

— J'ai dû mal calculer, lui dit-il à l'oreille. Je voulais que vous voyiez Brocéliande au printemps. Mais là… On se croirait presque en hiver. Il n'y a pas une feuille ! C'est bien plus beau, d'ordinaire… Ou alors…

— Ce n'est pas grave, l'interrompit-elle.

Elle planta ses yeux dans les siens, se hissa sur la pointe dés pieds et l'embrassa. Il se laissa faire, surpris tout d'abord de ces lèvres douces contre les siennes, le cœur battant.

— Non ! la repoussa-t-il, pourquoi est-ce que…

Il se frotta la figure, désemparé, et lui tourna le dos. Roxane soupira et haussa les épaules, ne sachant quoi dire. Elle en avait eu envie, c'était tout. Jamais elle ne se posait de questions. Tout ce qu'elle savait, c'est que depuis qu'ils avaient commencé à voyager ensemble, son admiration pour lui avait grandi, et qu'il était devenu plus que son professeur. Jusqu'au point de l'embrasser.

— Finalement, je me demande si c'est une bonne idée d'être venus ici et maintenant, dit-elle après un long moment, arrangeant ses boucles rousses sous sa guimpe. Après tout, ce sont les écrivains qu'on étudie. Je suis pas sûre qu'on va réussir à trouver Chrétien de Troyes dans cet endroit.

— On va dire… qu'on est sur les lieux du crime ! fit-il en riant doucement, et ce rire balaya les inquiétudes de la jeune fille.

Elle redevint celle qu'elle avait toujours été : insouciante, optimiste et naturelle.

— De toute façon, dit-il, on ne peut pas repartir avant un moment, parce que notre cerveau ne va pas le supporter. Autant en profiter… Et pas pour faire des cochonneries ! ajouta-t-il en pointant un doigt accusateur sur elle.

Elle leva les yeux au ciel, dans une moue faussement boudeuse de petite fille. Ils se sourirent : le baiser volé était derrière eux, ce n'était pas un manquement à leur contrat. À vrai dire, le professeur n'avait pas prévu de clause si jamais un élève tombait amoureux de lui...

Roxane et Clarence en étaient maintenant à leur dixième voyage d'études. S'ils ne se concentraient d'ordinaire que sur la littérature française moderne, ils avaient choisi pour aujourd'hui la matière de Bretagne, faisant un écart à leur ligne de conduite. Mais les risques étaient grands : on ne voyage pas au XIIe siècle impunément. Roxane avait eu l'obligation de ne rien faire sans son autorisation. Auparavant, cela aurait été difficile pour elle, qui n'aimait pas se plier aux ordres, détestait les règles et les lois ; mais les quelques expériences malheureuses qu'elle avait vécues l'avaient rendue un peu plus raisonnable.

Les voyages qu'ils avaient faits les avaient rapprochés davantage qu'il ne l'aurait cru. D'ordinaire, il ne s'attachait pas autant à ses étudiants. Mais Roxane était… spéciale.

— C'est quand même bizarre, dit-elle en regardant autour d'elle les arbres dépourvus de feuilles, vous ne vous trompez jamais. D'habitude, vous êtes super précis dans vos réglages. Pourquoi est-ce qu'on ne serait pas en mai ? Et en plus, ajouta-t-elle en rejetant sa cape en arrière, maintenant que je vais mieux, je trouve qu'il fait plutôt chaud. C'est comme s'il y avait eu un incendie.

— Mais rien n'est brûlé ! dit le professeur en effleurant l'écorce d'un arbre. Venez, lui demanda-t-il en lui prenant la main.

Ils se dirigèrent vers le sud. Tout en se demandant comment il pouvait être encore si sûr de la direction, Roxane se dit qu'il fallait qu'il perde cette habitude de la prendre par la main à chaque fois qu'il voulait l'emmener quelque part. Il ne fallait pas s'étonner après si elle interprétait ses gestes d'une mauvaise façon et se mettait en tête de l'embrasser.

— Regardez, dit-il en lâchant sa main pour lui montrer l'entrée d'une grotte, on dirait que c'est de là que tout arrive.

En effet, de la grotte, venait un faisceau, bleu et surnaturel, qui avait comme éliminé la vie partout où sa lumière se posait. Brocéliande était morte sur une centaine de mètres. Ils s'approchèrent doucement. La lumière, aveuglante et d'un bleu plus prononcé, venait des parois, tapissées de cristaux comme l'intérieur d'une améthyste géante.

— Vous croyez que ça va nous dessécher nous aussi ? demanda Roxane, un peu sur ses gardes.

— Nous sommes toujours là. Et puis, ce n'est pas aujourd'hui que je meurs.

Roxane stoppa net et le regarda avec des yeux ronds.

— Comment vous le savez ?

Il haussa les épaules.

— Je ne vous en dirais pas plus.

D'un pas décidé, un peu vexée par sa réponse, alors qui lui avait juré de ne jamais s'aventurer dans le futur, elle rentra dans la grotte. À l'intérieur, c'était un vacarme incroyable : gazouillements, cris d'animaux, craquements du bois, frissons de feuilles, murmure d'une source, ce fut comme si tous les sons du printemps s'étaient concentrés là, d'une manière amplifiée, entre les murs de verre. Le professeur la rejoignit, pas très sûr de lui.

— Qu'est-ce que c'est, cet endroit, d'après vous ? lui demanda-t-il.

— On dirait la grotte d'une fée.

— Alors ça serait vrai ? Toutes ces légendes ?

— Pourquoi pas ? À Haïti d'où vous venez, il y en a pourtant, des choses surnaturelles. On va le savoir très vite.

Elle retroussa ses jupes pour ne pas les salir dans la boue et s'enfonça dans le boyau qui se creusait devant elle.

— J'ai vu en effet beaucoup de choses étranges dans ma vie, mais là... soupira-t-il. On croirait que depuis que je vous connais, tout s'emballe. Il s'énerva : d'abord la libellule voleuse d'âme, puis l'automate d'aquarelle, et maintenant... Il se figea, et reprit en voyant ce qui se dressait devant eux, à la sortie du boyau : des chevaliers... en améthyste. Très intéressant.

Ils reculèrent de frayeur et Roxane lui marcha sur les pieds. Les chevaliers ne bougèrent pas, gardant l'entrée d'une grande salle derrière eux, toute de stalactites d'améthyste. Leur armure était, comme l'endroit, en pierre violette, mais derrière leurs heaumes, on voyait leurs yeux briller, bien vivants. Roxane se pencha légèrement sur le côté et observa la salle derrière eux : des sources chantonnaient, courant entre des montagnes de pierres précieuses, et reflétaient la lumière en milliers de petits éclats scintillants. Au centre, sur une butte plus haute que les autres, se dressait un trône qu'on aurait dit taillé dans du diamant. Les sons printaniers étaient encore amplifiés sous la voûte.

— Ouah, on dirait la grotte de Barbie princesse des joyaux, ricana Roxane. Ça pique les yeux et les oreilles.

Le professeur posa sa main sur son bras.

— Vous voulez bien cesser de vous moquer ? chuchota-t-il. Ils ne sont peut-être pas très...

Il regarda les deux gardiens qui n'avaient pas bougé, déglutit, et ne termina pas sa phrase.

— Notre maîtresse n'est point une princesse, mais sa grandeur vaut celle d'une reine, dirent d'une seule voix, grave et lente, les deux gardiens.

— Cool, chuchota ironiquement Roxane.

— Que venez-vous faire dans ces lieux ? demandèrent-ils.

— Et bien... voir votre... Dame ? suggéra Roxane.

Le professeur sursauta. La seule chose qu'il voulait, lui, c'était s'en aller d'ici.

— Il vous faut décliner votre identité.

— Je suis Sa Majesté la reine d'Angleterre et lui, plaisanta-t-elle, c'est mon valet de pied.

Le professeur lui enfonça son coude dans les côtes pour la faire taire. Il n'avait pas franchement envie de se faire tailler en pièces, mais bizarrement, les deux chevaliers s'écartèrent. Roxane haussa les épaules et avança.

— Bon ben, venez, mon valet.

Le professeur la suivit.

— Quand est-ce que vous arrêterez de plaisanter ? murmura-t-il, sa voix amplifiée par la voûte au-dessus d'eux.

— Quand je serai morte ? Ce n'est pas pour tout de suite en plus. Alors, on visite ? Où est donc la fille à la grandeur de reine ?

— Devant vous, répondit une voix qu'ils connaissaient bien.

Roxane et Clarence cessèrent immédiatement de plaisanter en voyant surgir devant eux, dans un tourbillon d'eau, Anna Goldstein de Saxe, la seule femme qu'ils pouvaient redouter en tous lieux et tous temps. Anna, vivante. Ils l'avaient pourtant laissée pour morte à Paris, en 1658... Que s'était-il passé ? Elle était vêtue d'une longue robe féerique aux couleurs changeantes, violet et bleu, qui se fondait avec le décor, et ses cheveux, qu'ils avaient vus blonds, puis bruns, étaient aujourd'hui noués en une longue natte blanche semée de petites pierres. Son visage était cependant toujours aussi jeune, et elle tendit les mains vers eux.

— Bienvenue dans mon domaine, chantonna-t-elle avec un sourire bienveillant.

Il n'y avait pas une once d'ironie, de colère ou de rancœur en elle. Les deux Marcheurs du Temps se regardèrent, interloqués. Elle qui avait juré de se venger de Clarence, et que Roxane était persuadée d'avoir tuée, ne les reconnaissait-elle pas ?

— Merci... balbutia le professeur, guettant dans son regard le moindre signe qu'elle savait qui ils étaient.

— Si vous voulez bien me suivre... dit-elle doucement.

Le professeur lui emboîta le pas sans sourciller. Roxane n'aima pas du tout cela. Pourquoi obéissait-il aussi aveuglément ? Elle savait comme cette femme pouvait subjuguer les hommes, il suffisait de se souvenir du bal chez Dumas et la fascination qu'elle avait exercée sur Charles Baudelaire. Est-ce que ça allait recommencer ? Ne fonçaient-ils pas tout droit dans un piège ?

Anna les conduisit à travers un corridor jusqu'à une autre salle où ils reconnurent, au milieu d'un capharnaüm d'objets de toutes époques et pays confondus, deux automates avachis, hors d'usage. C'était des automates d'aquarelle, semblables à des enfants de porcelaine remplis d'eau, vêtus de redingotes rouges.

— Que j'aime les visiteurs égarés... murmura Anna en leur servant deux coupes de vin, elles aussi en cristal. Ils me sont chers. Buvez, les encouragea-t-elle d'un mouvement de tête.

Ils se regardèrent et firent, sans se concerter, semblant de boire, trempant à peine leurs lèvres. La féerique Anna sembla satisfaite.

— C'est que je me sens si seule ici, reprit-elle. Autrefois, j'avais un fils, mais on me l'a enlevé. Je l'ai éduqué pour en faire un être extraordinaire, comme son père. Il est devenu un sombre jeune homme, et a sombré dans l'abîme.

Du coin de l'œil, Roxane vit son professeur se raidir à ses mots. Elle comprit enfince qu'il avait essayé de lui cacher depuis qu'ils avaient rencontré cette femme étrange la première fois : David, le fils de Clarence, c'était le leur. De quel autre être extraordinaire aurait-elle pu parler ? Comment David était mort, et pourquoi, ça c'était encore une autre histoire... Voilà pourquoi elle avait toujours cherché à se venger — excepté aujourd'hui où elle avait l'air amnésique ; et pourquoi lui semblait toujours dévoré par un lourd secret.

Anna les regarda tour à tour, et son visage se rembrunit.

— Pourquoi ne... Avez-vous bu, visiteurs ?

Le professeur ne savait pas mentir, il hésita une seconde de trop.

— Buvez ! ordonna-t-elle. J'en ai besoin !

Roxane ne supportait pas qu'on lui donne des ordres : dans un mouvement de colère, elle jeta le vin à la figure d'Anna. Le liquide eut l'effet d'un acide et dessécha, vieillit son beau visage qui se fripa comme une pomme trop mûre. Elle se courba en deux dans un mouvement de douleur, et quand elle releva sa tête vers eux, elle n'était plus qu'une vieille femme.

— Allez-vous-en, cria-t-elle d'une voix éraillée. Partez d'ici !

Le professeur resta paralysé devant elle. Anna avait beau être revenue dans sa vie pour le tuer, il l'avait passionnément aimée, et la voir là, en train de souffrir le martyre devant lui, lui tordit les entrailles.

— Venez, lui cria Roxane. Et comme il ne bougeait pas, elle le prit par la main pour le forcer à courir. Allons-y !

Ils traversèrent à toute vitesse le corridor et la grande salle au trône. Autour d'eux, la grotte se mourait avec Anna : les cristaux fondirent comme de la glace et redevinrent de l'eau, les sons printaniers s'éteignirent, les murs se répandirent en grandes vagues sur le sol. Toute la magie que la fée avait utilisée retourna à la nature, et Brocéliande, dehors, retrouva ses couleurs. L'eau que la fée avait volée pour rester jeune retrouvait sa place.

— Plus vite ! cria Roxane en comprenant qu'ils pouvaient finir noyés ici.

Le professeur se figea de nouveau : les gardiens d'améthyste leur barraient le passage. Derrière eux, le niveau de l'eau montait rapidement et leur mouillait déjà les pieds : il fallait qu'ils partent à tout prix. Comment les convaincre de bouger ?

— Votre dame est la plus grande ! improvisa Roxane. Mais elle se meurt ! Courez la secourir ! Vive Anna !

— Vive Anna ! Vive Anna ! crièrent les gardiens d'améthyste en se précipitant au secours de leur maîtresse.

Les deux Voyageurs de Temps se faufilèrent dans le boyau et réussirent à sortir de la grotte enchantée juste avant qu'elle ne s'effondre sur elle-même, et enferme avec elle Anna Goldstein de Saxe. Autour d'eux, Brocéliande était redevenue la forêt grandiose qu'elle avait toujours été. Ils touchèrent leurs chaussures et disparurent, comme deux comètes de poussière d'or fusant à travers le ciel.

De nos jours

— Vive Anna, Vivanna, Viviana... murmura le professeur Fertennant en s'écroulant sur son tapis.

— Viviane ? demanda Roxane, essoufflée, vérifiant autour d'elle qu'ils étaient bien revenus dans le laboratoire du professeur, à la bonne époque.

Elle retira sa guimpe et se gratta la tête, décoiffant ses cheveux.

Le professeur lui fit un clin d'œil.

— Je crois qu'encore une fois, nous avons résolu un mystère. Il redevint grave : pauvre Anna... C'est la troisième fois que je crois la perdre pour toujours. N'aura-t-elle jamais fini de me torturer ?

Roxane se mit à genoux près de lui et lui prit les mains, passant les pouces délicatement sur ses cicatrices, ne sachant comment le réconforter.

— Vous n'y pouvez rien...

— Je le sais parfaitement. Quand on traverse le Temps, on doit s'attendre à ce que les gens meurent. C'est ce qu'ils font toujours !

Roxane se rassura en voyant apparaître sur sa figure, tranchant avec sa peau noire, son éternel sourire de chat de Chester. Comme d'habitude, il savait balayer d'un souffle toutes les mauvaises choses qui le touchaient.

— Je ne sais pas vous, dit-il en s'asseyant à son bureau pour calmer les battements de son cœur, mais j'en ai plus qu'assez de ces histoires loufoques. Et j'ai faim. Il retira ses chaussures : et j'en ai plus qu'assez de courir. La prochaine fois, JE choisis la destination, et je vous emmène dans un endroit où il fait bon vivre, où on a tout le temps qu'on veut, et où on étudie la Littérature, accessoirement.

— Et où Anna ne nous poursuit pas de sa colère, ajouta Roxane.

— Elle ne pourra plus... même si le Temps est une chose beaucoup plus compliquée qu'on ne le pense. Elle ne nous avait clairement pas reconnus, dit-il en se frottant le menton. Je me demande si le choc des sacs de lest que vous lui avez fait tomber dessus à l'Hôtel de Bourgogne ne l'a pas rendue amnésique. Apparemment, c'était sa cachette, cette époque. Vous avez vu tout ce qu'elle possédait ?

Roxane s'assit par terre, et s'effondra, bras écartés, sur l'épais tapis rouge.

— Oui, j'ai vu. Elle avait d'autres semelles filigranées.

— Oui, dit-il d'un air distrait. Mais je ne sais toujours pas où elle les a obtenues.

— Un jour, soupira-t-elle en fixant l'immense lustre de baccarat au-dessus d'elle, j'aimerai quand même bien que vous m'expliquiez qui c'est, et pourquoi elle vous en voulait autant. Quoique j'ai ma petite idée sur la question. Et comme il ne répondait rien, elle se remit assise et le regarda dans les yeux : soit, j'attendrai. J'ai tout mon Temps...

Chapitre V – La Fée perdue de Noël

*

« Lorsque le premier bébé rit pour la première fois, son rire se brisa en un million de morceaux, et ils sautèrent un peu partout. Ce fut l'origine des fées. »
James M. Barrie, Peter Pan, (1911)

— *26 décembre 1904* —

— Ça vous a réussi, ces petites vacances. Dans ce brouillard, vous n'avez plus l'air aussi blanche, plaisanta le professeur Fertennant. Et vous avez fait du sport, non ? .

Roxane sourit et haussa les épaules.

— En effet, répondit-elle. J'ai passé un mois de rêve. Vous aviez raison, c'est vraiment chouette, Haïti. J'ai appris entre autres choses à me battre, à escrimer, et à… courir vite pour échapper aux éventuelles ires d'une certaine Anna et de ses machines démoniaques.

Le professeur leva les yeux au ciel.

— Ne soyez pas si sarcastique… Et puis, elle ne reviendra plus jamais nous ennuyer. Elle est engloutie sous Brocéliande, désormais…

Il soupira.

— Vous l'avez dit vous même, le Temps est complexe, dit-elle. Et vu le nombre de fois où on aurait pu mourir, j'assure, maintenant. Une attaque de zombies, un naufrage de paquebot, la grande peste noire… je serai prête. Où est-ce qu'on est ? demanda-t-elle sur un ton plus sérieux, en regardant autour d'elle. Et surtout, *quand* est-ce qu'on est ? À vue de nez, vu ce que vous m'avez obligée à piocher dans votre garde-robe, dit-elle en étirant devant elle sa longue robe de soirée turquoise et noire, toute rebrodée de perles, je dirais début du XXᵉ. 1910 ?

— Elle vous va très bien, répondit-il seulement.

— Merci, dit-elle, un sourire fugace sur les lèvres. J'ai accepté de revenir pour vous, soi-disant que c'était urgent, j'espère que c'est important ! J'allais enfin passer Noël à la plage…

— Noël à la plage, quel scandale ! s'emporta-t-il. Moi, je vous emmène passer un *vrai* Noël. Je vous avais promis que notre prochain voyage serait agréable. Nous sommes à Londres, en 1904, et ce soir, 26 décembre, c'est la première de *Peter Pan*.

Elle sourit jusqu'aux oreilles et resserra sa cape sur ses épaules.

— Ça me va, répondit-elle simplement. En réalité, elle était contente comme tout : mais Barrie est un anglais, se rappela-t-elle soudain. Et notre charte ?

— Pour nous, c'est Noël ce soir. Nous ne sommes pas là pour étudier.

Le soir tombait doucement, et de longues nappes de brume montaient des pavés humides. Le long des murs gris, les ombres des passants qui se hâtaient flottaient un instant, comme des fantômes. L'une d'entre elle, gamine et furtive, sembla leur faire une grimace. On aurait dit que tout le monde voulait rentrer tôt, ce soir, pour partager un repas en famille et se réchauffer autour d'un bon feu.

Ils entrèrent dans le théâtre les premiers, et décidèrent de patienter dans l'entrée.

— Qu'est-ce que c'est beau, quand même, observa-t-elle, le nez en l'air. Toutes ces dorures, ces statues, j'adore. J'ai l'impression de respirer du talent à plein nez.

Le professeur eut un joli rire.

— J'aime bien votre façon de parler. Du talent à plein nez… c'est vrai que ce théâtre a dû en voir, des choses étranges. Comme ce soir.

— Comment ça ?

— Je ne vous en dirai pas plus.

— L'histoire des orphelins de Great Ormond Street ?

— Oh, fit-il déçu. Vous m'avez gâché ma surprise.

— Je suis désolée. Si vous voulez, dit-elle en désignant une grosse pierre noire qui ornait sa chevelure et retenait des plumes d'autruche, vous pouvez appuyer là, et rewiiiiiind, on recommence.

Il haussa les épaules en souriant.

— Barrie a fait reverser tout les droits de *Peter Pan* à cet orphelinat. Ça a duré jusqu'en 2007.

— Je ne le savais pas, mentit Roxane. C'est une jolie histoire, c'est vrai. Il a dû faire ça en hommage à son frère.

— Comment ça ?

— Vous connaissez l'histoire des places offertes aux orphelins et pas celle de son frère ? répliqua-t-elle, étonnée.

— En fait, non, avoua-t-il, les yeux baissés sur ses souliers lustrés : j'ai juste regardé *Neverland*, vu le nombre de fois où ce film est revenu dans vos discours… C'est pour ça que je vous ai amenée ici.

Elle éclata de rire en posant sa main gantée sur son bras, touchée par cette gentille attention.

— C'est adorable. En fait, James avait un frère qui est mort à l'âge de treize ans. Il ne s'en est jamais remis, et c'est pour ça qu'il a écrit l'histoire de Peter. Dans sa tête, il avait arrêté de grandir.

— C'est triste.

— Peut-être, mais on dit que c'est la souffrance qui crée les grandes œuvres.

— Il s'appelait comment ?

— Qui, son frère ? David.

Le professeur reçut un coup au cœur, et Roxane se rendit compte de ce qu'il y avait de gênant dans ce qu'elle venait de dire. Elle se tut, et regarda sur le côté, pour se donner une contenance. Des gens commençaient à se grouper dans l'entrée, on allumait les grands lustres. Bientôt on put entrer dans la salle, et un mouvement de foule les poussa à l'intérieur. Ils ne remarquèrent pas que les orphelins n'étaient pas là. Leur histoire ne s'écrirait que le lendemain…

— C'est marrant, c'est la deuxième fois qu'on va au théâtre, fit remarquer Roxane.

— C'est peut-être la meilleure façon d'étudier la littérature, non ? répondit le professeur. Je nous vois mal rentrer dans le bureau de Barrie au moment où il a écrit sa pièce.

— C'est pas faux.

Une fois installés au milieu du parterre, le silence se fit, et la pièce commença. Un sourire un peu niais apparut sur les visages des deux Chercheurs du Temps, enthousiastes comme des écoliers.

— *Second to the right*, disait Peter, *and then straight on till morning.*[1]

---

[1]	— "Deuxième étoile à droite," disait Peter, "et puis tout droit jusqu'au matin !"
	— "Quelle drôle d'adresse!"

— *What a funny address!* lui répondait Wendy sur la scène.
— *No, it isn't.*
— *I mean, is that what they put on the letters?*
— *Don't get any letters.*
— *But your mother gets letters?*
— *Don't have a mother.*
— *O Peter, no wonder you were crying…*

Roxane sourit et se rendit compte que même si elle n'avait jamais vu la pièce, elle la connaissait en fait par cœur… jusqu'à ce que l'intrigue, au moment où Peter, joué par la toute jeune Nina Boucicault, emmenait John, Michael et Wendy au Pays Imaginaire, diverge de ce à quoi elle s'attendait.

— Dites, souffla-t-elle à l'oreille du professeur, qui se pencha : pourquoi y a pas Clochette ?

Il haussa les épaules.

— Je n'en sais rien, ce n'est peut-être pas la version définitive… chuchota-t-il, ne cessant pas de regarder devant lui.

— Non non, s'énerva Roxane, Clochette est dans la pièce dès la première !

M. Fertennant ne répondit rien et laissa Roxane se poser des questions. S'il avait mieux vérifié le réglage de ses chaussures, il se serait peut-être aperçu qu'il s'était trompé d'un jour. Au milieu de l'intrigue, il n'y eut pas un mot sur la jalousie de Clochette envers Wendy, et quand Peter fut empoisonné par le Capitaine Crochet, ce fut encore Wendy qui but à sa place. À chaque moment où Clochette aurait dû apparaître, Roxane serrait les poings et s'enflammait davantage.

— Qu'est-ce que c'est que cette histoire ? grommela-t-elle, définitivement agacée par la disparition de son personnage préféré : les fées n'existent pas ou quoi ?

Et au moment où elle prononça cette phrase, les lustres au-dessus de la scène grillèrent, émirent une légère fumée et plongèrent toute la salle dans le noir. Quelques murmures surpris parcoururent les rangées, le rideau tomba le temps que tout soit arrangé, on ralluma les lampes de la salle, et Roxane, légère dans sa robe de soie, se faufila vers les coulisses.

— Où est-ce que vous allez ? lui demanda le professeur en la suivant, enjambant largement les genoux des spectateurs, et faisant pousser des petits cris aux femmes dont il marchait sur la robe.

— Il faut que je voie l'auteur !

— Maintenant ?

— Et pourquoi pas ?

— Parce que vous allez encore interférer dans l'histoire ! Nous sommes là en spectateurs ce soir ! N'en avez-vous pas assez de me chambouler ?

— Pardon ?

Elle se retourna.

— De tout chambouler, je veux dire, se reprit-il.

Ils arrivèrent aux loges des artistes, qui bourdonnaient du tumulte causé par l'extinction des lampes. Ici on n'y voyait presque rien, il n'y avait qu'une petite lumière rouge de secours dans un coin.

— Ah mais, râla un homme-chien à qui la jeune femme avait marché sur la patte sans faire exprès, vous ne pouvez pas faire attention ?

— "Non, même pas vrai."
— "Est-ce que c'est ce qu'on écrit sur les lettres?"
— "Je ne reçois jamais de lettres."
— "Mais ta maman en reçoit bien, non?"
— "Je n'ai pas de maman."
— "Oh Peter, je comprends mieux pourquoi tu pleurais…"

Il retira sa grosse tête en carton-pâte et elle reconnut un des acteurs.

— Je suis désolée, Nanny ! s'excusa-t-elle en anglais. Savez-vous où est Barrie ?

De sa patte, la nounou des enfants Darling lui désigna une ombre plus petite que les autres, au profil moustachu, éclairé étrangement par la lumière rouge. Elle se dirigea vers l'homme, toujours suivie du professeur qui tentait de la retenir.

— Pas d'écart ! lui chuchota-t-il à l'oreille, je n'ai pas envie de réparer encore une fois vos sottises.

— Ne vous inquiétez pas.

Elle posa sa main sur le bras du dramaturge.

— Excusez-moi, lui demanda-t-elle, puis-je vous poser une question ?

— Vous voyez bien que ce n'est pas le moment ! lui répondit-il durement, ne la regardant pas.

Ses yeux, emplis d'inquiétude, étaient fixés sur les machinistes en équilibre sur la scène. Le professeur soupira, arguant qu'il l'avait bien prévenue. Mais une des lampes de la scène s'alluma, réparée par les techniciens. Des « oh » de soulagement se firent entendre. Là, Mr Barrie se tourna enfin vers Roxane et resta figé une instant en voyant son visage de poupée, ses taches de rousseur et l'éclat de sa chevelure.

— Je suis désolé, balbutia-t-il sur un tout autre ton. Vous vouliez savoir ?

Roxane lui sourit doucement et capta définitivement son attention.

— N'avez-vous jamais pensé à mettre un peu d'amour dans votre pièce ? Comme… une femme, qui viendrait compliquer un peu l'intrigue. Pour l'instant, elle est bien plate.

Le professeur s'étala une main sur son visage, totalement navré. Quel tact, quelle délicatesse… Après ça, il ne fallait pas s'étonner si elle se faisait envoyer sur les roses ! Mais James Matthew Barrie réagit d'une manière totalement différente de celle à laquelle il s'était attendu. Il semblait sous le charme.

— Une femme ? Mais comment n'y ai-je pas pensé plus tôt ! s'exclama-t-il en cherchant les mains de Roxane.

Clarence Fertennant les regarda tour à tour l'un et l'autre. À croire qu'elle l'avait totalement envoûté… Une pointe de jalousie lui piqua le cœur, sans qu'il comprenne vraiment pourquoi, en les voyant ainsi se tenir les mains. Roxane avait toujours été très séductrice, mais jusque-là, ça ne l'avait pas dérangé le moins du monde. Peut-être que depuis qu'il la connaissait, il avait changé. En vérité, elle avait, oui, chamboulé beaucoup de choses dans sa vie.

— Oui, reprit Roxane, une femme un peu… différente…

— Un peu garçonne, libre, et fantasque, l'interrompit le poète, s'exaltant. Et la regardant de pied en cap : un petit bout de femme pleine d'énergie et de caractère, qu'on ne pourrait qu'adorer.

— Il ne faut jamais lui faire remarquer qu'elle est petite, s'immisça le professeur en parlant de Roxane. Sinon vous risquez de vous retrouver…

Roxane lui donna un coup de poing dans l'épaule.

— … maltraité, acheva-t-il en grimaçant.

— Je vois, dit Barrie avec un sourire.

Les dernières lampes de la scène s'allumèrent, et avec elle les yeux du poète. Le professeur engagea Roxane à retourner à sa place, la pièce allait reprendre. Elle grommela encore : elle aurait bien voulu parler un peu plus avec Mr Barrie, mais selon le professeur, elle avait déjà fait trop de dégâts. À coup sûr, en se rendant dans le futur, il se rendrait compte qu'il fallait tout remettre en place une nouvelle fois. On ne pouvait impunément modifier le passé…

La pièce se termina comme elle avait commencé, sans Clochette, et les deux Marcheurs du Temps durent retourner dans leur époque sans que Roxane puisse reparler à l'auteur à la fin, assailli qu'il était par les admirateurs.

*

James Matthew Barrie travailla toute la nuit sur sa pièce, sans même prendre le temps de manger. Au matin, il distribua un tout nouveau livret à ses acteurs, dans lequel apparaissait pour la première fois une célèbre petite fée. Ils se récrièrent : jamais on ne pourrait trouver un nouvel acteur en si peu de temps ! Mais il avait bien fait les choses : Clo la Rétameuse était une toute petite lumière, pas bien difficile à mettre en scène… et un sacré bout de femme. La légende se mettait en place.

*

— Je n'y comprends rien, s'étonna le professeur en levant ses yeux de son livre, tout est absolument pareil…

— Peut-être qu'il n'y a rien à comprendre, fit Roxane en éclatant de rire, plantée devant le miroir au-dessus de la cheminée. Peut-être que c'était écrit comme ça !

Elle retira ses boucles d'oreille et les rangea dans le tiroir de la commode de la garde-robe du professeur ; celle où on pouvait trouver des costumes de toutes les époques — , à côté d'un nécessaire de couture. Quand elle referma le tiroir, le dé à coudre roula et tinta comme une petite clochette contre les ciseaux.

Clarence Fertennant posa son édition originale de *Peter Pan* et s'approcha tendrement d'elle, se regardant à son tour dans le miroir.

— Je n'ai jamais vu une chose pareille. Comme si c'était vous qui aviez écrit l'Histoire la première.

Elle sourit, se tourna et le regarda dans les yeux, ce qui le fit perdre ses moyens.

— À coup sûr, vous devez être un peu fée.

— Joyeux Noël, dit-elle en se penchant pour l'embrasser sur les lèvres.

Ce baiser, qu'il avait cru pour toujours caché au coin de son sourire, c'était peut-être le plus joli cadeau qu'on lui avait fait cette année-là, et toutes les autres aussi. Le plus beau cadeau des Noëls passés, présents, et à venir.

Chapitre VI – Les Banquiers en lambeaux

*

« Un mort qui ressuscite déçoit toujours un peu son monde. »
Marcel Aymé, La Jument verte

De nos jours

— Roxane ! hurla le professeur Fertennant en sortant en trombes de son bureau, une pile de vieux journaux sous le bras et de vieilles chaussures dans l'autre main. Mettez-moi ça de suite !

Roxane avisa les chaussures, des escarpins noirs tout usés, à la semelle rouge filigranée d'or.

— Qu'est-ce que c'est que cette horreur ? On va visiter un couvent ?

— Non, répondit le professeur en posant ses journaux sur la table, on va en février 1941. Avoir des chaussures de meilleure qualité nous exposerait à des critiques indésirables. Il nous faudra passer inaperçus.

Roxane eut un mouvement de recul. Elle lui avait toujours dit qu'elle ne voulait pas visiter de périodes troublées. Elle savait que quand on pense « Voyage dans le Temps », on en arrive généralement à imaginer d'éliminer Hitler, mais ce n'était pas son cas. Elle ne voulait rien changer du passé, du moins pas exprès, et surtout pas quelque chose d'aussi conséquent : après tout, sans la Seconde Guerre mondiale, elle ne serait jamais née, puisque son arrière-grand-mère était une rescapée d'Auschwitz.

— Qu'est-ce qu'on doit faire ? demanda-t-elle avec réticence.

Il y avait intérêt à ce que ce fût important. Le professeur étala le premier journal, et posa le doigt sur la une.

— Nous allons sauver la littérature française !

Roxane ne put s'empêcher de rire à cet élan patriotique, imaginant Clarence avec un brassard bleu-blanc-rouge autour du torse et une cape de super-héros flottant au vent.

— Rien que ça ?

— Regardez, annonça-t-il en lui montrant le troisième des sept portraits qui couvrait la page : « Marcel Aymé, 1902-1941 », assassiné avec six de ses collègues à la Banque nationale de France. Je suis sûr que c'est le nôtre, l'auteur de *La Vouivre* ! Quelque chose a changé sa ligne temporelle, il est resté un petit employé toute sa vie, et n'a jamais écrit ! J'ai fait des recherches ces deux derniers jours et je n'ai plus trouvé aucune trace de ses œuvres, que ce soit sur le net ou dans les librairies. Nous seuls savons que cela s'est produit, car nous sommes protégés par une sorte de bulle temporelle dès l'instant où nous avons fait notre premier voyage. Mais pour le reste du monde, Marcel Aymé n'a jamais été célèbre ! Il nous faut retourner dans le passé et résoudre cette énigme ! Trouver qui ou quoi est à l'origine de ce changement, et remettre le futur en place.

— Le passé, vous voulez dire, demanda Roxane.

— C'est pareil, dit-il en haussant les épaules. En tout cas, je soupçonne quelque chose de louche là-dessous... Un autre Chercheur du Temps, peut-être...

Roxane leva les yeux vers lui.

— Il en existe d'autres ?

— Et bien... Je pensais que non, mais nous avons bien vu avec Anna que ce n'était pas le cas.

— Vous croyez que c'est elle ?

— Ça me paraît totalement impossible. Nous savons tous les deux qu'elle est ensevelie sous les eaux de Brocéliande. Enfin... En attendant, allez trouver quelque chose dans notre garde-robe, ajouta-t-il en restant planté sur le tapis, les mains sur les hanches. Nous partons le plus vite possible.

— Et vous, demanda Roxane en le regardant des pieds à la tête, vous y allez comme ça ? Je sais qu'on doit avoir l'air pauvres, mais tout de même.

Il avisa sa vieille robe de chambre rouge et ses pantoufles.

— Effectivement. Un peu de tenue Clarence !

Cette année-là, l'hiver était glacial. Personne ne s'attardait dans les rues excepté quelques vendeurs et une troupe de soldats. Sur les murs, des affiches à moitié décollées, de propagande, vantant des spectacles ou des produits bon marché, donnaient l'impression d'être dans un film. Sauf que tout était vrai. Frissonnants, Roxane Marty et le professeur Fertennant entrèrent dans le hall de la Banque de France. Elle, en tailleur strict, et lui en costume trois-pièces gris, passèrent inaperçus comme ils l'avaient souhaité. Enfin, si l'on exceptait la couleur de peau du professeur.

Derrière son bureau, une petite secrétaire blonde aux lunettes d'écaille attendait, l'air inquiet. Quand elle les vit, elle leur épargna le boniment qu'ils avaient préparé pour passer tranquillement :

— Vous êtes l'inspectrice ? demanda-t-elle en avisant Roxane.

Même si Roxane était une femme, pour elle, cela ne pouvait pas être décemment cet homme noir l'inspecteur. Le professeur Fertennant saisit la balle au bond.

— Non, c'est moi. Inspecteur Lenoir, et mon assistante Mlle Leroux, dit-il en désignant Roxane à sa droite.

La secrétaire eut un moment d'arrêt devant leurs visages, mais ne dit rien. On voyait qu'elle pensait à quelque chose de plus grave. Quant à Roxane, elle fut partagée entre l'envie de rire et de lui écraser le pied pour sa blague stupide.

— Je vais appeler le directeur, décida-t-elle. En attendant, je vais vous conduire… J'espère que vous avez le cœur bien accroché, ajouta-t-elle, la voix soudain tremblante. C'est moi qui ai découvert ce pauvre Gustalin… Je crois que je vais en faire des cauchemars toutes les nuits à venir.

Les deux pseudo-enquêteurs la suivirent dans un couloir sombre. Apparemment, le meurtre avait eu lieu derrière la porte du fond. La secrétaire hésita quelques instants, les regardant d'un air désespéré, puis tourna les talons.

— Qu'est-ce qu'on fait, demanda Roxane ? On ne va quand même pas rester là ?

— Rappelez-moi, nous sommes là pour quoi ? Si comprendre la raison de la déviation temporelle nous oblige à résoudre un crime, c'est ce que nous ferons. Vous êtes prête ? demanda-t-il en posant une main sur la petite poignée en cuivre, et l'autre sur la sienne.

— Je… je ne sais pas, hésita-t-elle. Je n'ai jamais vu de meurtre de ma vie. Lorsque Nerval est mort dans mes bras, il n'y avait pas une goutte de sang, et...

— Je passe en premier. Moi, des morts, soupira-t-il, j'en ai vu quelques-uns.

Même si le professeur avait vu de nombreux cadavres sur tous les champs de bataille qu'il avait traversés, jamais il n'aurait pu s'attendre à une scène aussi sordide. Le pauvre Gustalin avait été découpé en tranches parfaites, légèrement tombées sur le côté. C'était comme si elles avaient été causées par la lame d'un sabre chauffé à blanc, cautérisées parfaitement, préparées pour être étudiées par un savant fou et gigantesque. Le peu de sang que le cadavre avait perdu avait été bu par l'épaisse moquette grise, et ses yeux grands ouverts, écartés par une tranche pile des deux côtés du nez, lui donnaient l'air d'un alien hagard. Son costume gris était impeccable malgré l'horreur du crime qui avait été perpétré.

Le professeur posa une main sur son nez : la vision avait beau être étrange, l'odeur était insoutenable. Il perçut Roxane s'approcher dans son dos.

— Vous ne devriez pas regarder, dit-il en mettant un bras en travers de la porte.

Mais c'était trop tard, la curiosité avait poussé la jeune femme à avancer. Elle resta plantée devant le cadavre, le professeur l'observant attentivement, prêt à la retenir si jamais elle s'évanouissait.

— Je ne sais pas si je dois rire ou pleurer… dit-elle au bout d'un moment. On dirait juste un gros saucisson.

L'absurdité de la situation les fit éclater de rire. Ils se mirent à parler comme s'ils étaient seuls dans la pièce.

— On dirait que c'est le premier de nos meurtres, avança Roxane en prenant un ton d'enquêtrice de série télé. Si nous ne faisons rien, nous en aurons encore six autres sur les bras, d'après le journal. Quelle personne assez maniaque pourrait tuer les gens comme ça, et surtout, pourquoi ?

L'arrivée du directeur de la banque, précédé de la petite secrétaire blonde, dispensa le professeur de répondre.

— Jean Descamps, annonça le gros homme en tendant sa main au professeur qui, même s'il était noir, était le seul autre homme vivant présent ici. Il n'eut pas un regard pour Roxane. Directeur de la BNF, ajouta-t-il d'un ton énergique. J'espère que vous allez vite me dénouer tout ce merdier.

Le directeur disparut aussi vite qu'il était arrivé, visiblement très dérangé par le cadavre de son employé sur lequel il n'avait pas osé poser les yeux. Roxane et Clarence se regardèrent, interloqués.

— Si vous avez des questions, hurla le directeur depuis l'autre bout du couloir, demandez à Lucie !

La secrétaire blonde s'avança.

— C'est moi, Lucie. Comme je vous l'ai dit, j'ai découvert Gustalin ce matin, en allant chercher le dossier d'un client. Je l'ai trouvé comme ça.

— Excusez-moi, demanda Roxane, est-ce que vous avez un monsieur Aymé qui travaille ici ?

— Marcel ? demanda-t-elle étonnée, vous voulez que j'aille vous le chercher ?

— Je veux bien, oui.

La secrétaire fit demi-tour, trottinant sur ses talons hauts, ne se posant pas plus de questions. Pour elle, cette demande faisait simplement partie de l'enquête.

— Je n'ai pas l'ombre du début d'une piste, soupira le professeur, désignant le cadavre, mais ce qui est sûr, c'est qu'il y a du surnaturel là-dessous.

L'auteur-qui-n'en-était-pas-un-encore entra dans la salle une minute plus tard, suivi de Lucie, qui resta discrètement à la porte. Il eut un haut-le-cœur devant le cadavre et fixa les deux Chercheurs du Temps.

— Paraît que vous vouliez me voir ?

Ils ne savaient trop quoi lui poser comme question. Est-ce qu'il ne s'offusquerait pas si on lui parlait d'emblée de ses velléités littéraires ? Roxane prit son rôle d'inspectrice à cœur, et se dit que commencer par le début pourrait peut-être amener la conversation là où ils le souhaitaient.

— Bonjour. Nous interrogeons tous les employés. Connaissiez-vous la victime ?

— Comme un collègue, ni plus ni moins. Sauf votre respect, ce type m'a toujours fait l'effet d'un fameux crétin.

Elle ne put s'empêcher de sourire. L'entendre parler l'argot de ses dialogues était plutôt rafraîchissant.

— Vous ne lui connaissiez pas d'ennemi ?

— Les ennemis, c'est pas ça qui manque en ce moment, dit-il en croisant les bras.

Derrière Lucie, quelqu'un entra et les interrompit. Anna Goldstein de Saxe, perchée sur des talons vertigineux à la semelle rouge, se planta au beau milieu de la salle, un grand sourire sur les lèvres, une pile de dossiers sous le bras. Clarence Fertennant se décomposa, Roxane trébucha, et Marcel Aymé lui envoya un grand sourire gourmand. Pour lui, elle avait toujours été employée ici, et il en aurait bien fait son quatre-heures.

Anna, ici, vivante, encore ?

Roxane ressentit un immense accès de jalousie en la voyant : avec son uniforme en tout point semblable à celui de Lucie, à savoir tailleur-jupe crayon noir et lunettes à écailles, elle avait une classe folle. Ses cheveux bruns aux reflets dorés étaient ramenés en un chignon à vagues typique de l'époque, ses lèvres étaient délicatement maquillées de rouge, ses yeux de fard noir. Elle avait même poussé la coquetterie à se dessiner un grain de beauté au-dessus de la bouche. C'était comme si l'Anna insignifiante et défaite qu'ils avaient laissée à Paris au XVIIe siècle avait retrouvé un peu de l'allure et du charisme qu'elle avait au bal chez Dumas.

— Clarence, demanda-t-elle d'une voix envoûtante, tu me voles mes morts ? Je te retrouverai donc partout ?

Clarence Fertennant hésita un peu, effrayé au plus haut point de la revoir vivante.

— Il me semble que c'est toi qui nous attires, répliqua-t-il d'une voix qui se voulait ferme. À chaque fois qu'une ligne temporelle est bouleversée, tu sais bien que je dois la remettre en place. Je n'y peux rien si tu aimes tout envoyer en l'air.

— Ça fait bien longtemps que je ne me suis pas envoyée en l'air, le plaisanta-t-elle.

Marcel Aymé ricana, et le professeur ne releva pas, gêné pour Roxane.

— Alors c'est à toi qu'on doit... ça ? demanda-t-il en désignant le cadavre.

— Évidemment. Qui d'autre ferait les choses aussi bien ? D'une manière aussi délicate et parfaite ? Tu me le disais toi même, à l'époque, que je pouvais tout entreprendre, et que ce serait forcément réussi. Même les meurtres tu vois, je sais m'y prendre en parfaite épouse modèle.

Roxane était horrifiée : qu'est-ce que c'était que cette *desperate housewife* déglinguée ?

— Mais ce n'était qu'un essai, continua-t-elle en haussant les épaules.

Elle se tourna vers Marcel Aymé, qui, complètement dépassé par les événements, s'était adossé, craintif, contre le mur.

— C'est lui que je veux. Les autres, ce n'étaient que des brouillons.

— Les autres ? Combien y en a-t-il eu ?

— Quelques-uns... lança-t-elle évasivement. Le temps de me faire la main sur cette fichue machine.

Le professeur Fertennant était atterré.

— Pourquoi faire une chose pareille ?

— Pourquoi ? rit-elle, le menton en l'air. Le talent, mon cher Clarence, le talent, encore et toujours... Tu te rappelles, avec Baudelaire ? Tu m'as empêché de terminer mon travail... J'ai compris par la suite qu'il fallait que je me nourrisse à la source. Prendre le talent avant qu'il ne soit né, voilà comment j'ai pu survivre jusque... elle hésita : jusque maintenant. La machine m'a aidée, ajouta-t-elle, narquoise, en faisant un geste vers la déchiqueteuse de documents cachée dans un coin de la salle d'archives.

Roxane porta ses mains à son visage, effarée.

— Tu veux que je te montre comment j'ai fait ?

Clarence Fertennant détourna la tête.

— Non merci, sans façon.

— Pourtant, c'est admirable.

— Mais qu'est-ce que je t'ai fait ? Il enfouit son visage dans ses mains : qu'est-ce qui mérite que tu soies devenue ainsi ? J'ai l'impression d'être Frankenstein, et d'avoir créé une créature atroce... Tu es si loin de celle que j'ai connue.

Elle ne répondit pas.

— Qu'est-ce que je t'ai fait ? répéta-t-il.

— Je t'ai vu ! hurla-t-elle, le visage soudain tout rouge, hystérique. Je t'ai vu !

Il tressaillit.

— Tu l'as tué ! l'accusa-t-elle encore, le doigt pointé sur lui.. Assassin ! Assassin !

Elle lui jeta avec force son gros dossier, qu'il évita de justesse. Puis elle voulut l'étrangler, les deux mains tendues, mais elle trébucha et tomba sur lui. Son geste se transforma en quelque chose de plus tendre. Il la tint serrée contre elle.

— Anna, calme-toi, lui murmura-t-il à l'oreille en caressant doucement ses cheveux.

Roxane n'entendit rien d'autre que ces trois mots-là. Il continua à lui parler très bas. Pendant plusieurs longues minutes, les mots coulèrent de sa bouche, pareils à une berceuse. Anna laissa sa colère disparaître avec ses larmes. Bientôt, elle ne pleura plus, blottie dans les bras de son ancien amant.

— Alors, tu es d'accord ? demanda-t-il au bout d'un moment.

Elle hocha la tête.

— Tu me laisses la vie sauve… Après tout, c'est plus que ce que je mérite. Mais j'oublierai tout, vraiment ?

— Peut-être... qu'il te restera des sensations enfouies, des souvenirs éclatés, comme des bulles… Mais rien de bien consistant. Tu commenceras une nouvelle vie, loin, bien loin d'ici.

— Je suis d'accord.

— Qu'est-ce qu'il se passe ? demanda Roxane, qui n'avait pas apprécié du tout d'être évincée, mais comprenait cependant qu'ils aient besoin de se parler seul à seule.

Ces deux-là avaient de sérieux problèmes à régler. Clarence regarda sa jeune élève, submergé par la tendresse.

— Anna va disparaître dans une époque très reculée. Elle oubliera tout dans le voyage, et cessera de nous tourmenter. Ce sera sa punition.

— Une époque très reculée ? reprit Roxane en s'avançant vers eux.

De leurs côtés, Lucie et Marcel Aymé les regardaient d'un œil interrogatif.

— Comme... le Moyen-Age ? ajouta-t-elle, une idée derrière la tête.

Clarence la regarda avec de grands yeux, comprenant soudain.

— Diable ! À Brocéliande ! Mais oui ! Voilà la raison ! Je comprends tout ! Il se tourna vers elle : Anna, qu'est-ce que tu dirais de partir au XIIe siècle ?

— Ça me paraît correct, se résigna-t-elle, levant les yeux vers lui. Tu sais que j'ai toujours été fascinée par cette époque.

Il se plaça devant elle, les mains sur ses tempes.

— Mais eux, demanda Roxane en désignant l'ex-auteur et la secrétaire, est-ce qu'ils peuvent regarder ?

— Je pense, oui.

Clarence Fertennant demanda à Anna de fermer les yeux. Il lui ôta ses escarpins délicatement, et elle se retrouva plus petite que lui, la tête au niveau de son menton.

Quelques réglages plus tard, elle avait disparu. Elle était, à l'heure qu'il était, magicienne à Brocéliande, et amnésique. À plus d'un titre, Anna Goldstein de Saxe faisait désormais partie du passé.

Et puis, progressivement, le cadavre de Gustalin disparut lui aussi. Après l'employé, ce fut l'auteur qui retrouva sa place. Marcel Aymé s'effaça graduellement, et redevint ce qu'il avait toujours été en 1941, à savoir l'auteur de *La Jument verte* ou des *Contes du chat perché*. Seule Lucie resta là, parce que sa ligne temporelle avait toujours été la même, celle d'une secrétaire à la Banque Nationale de France, mais elle oublia tout, et elle ne fit plus de cauchemars. Le Temps s'était remis en place.

— Qu'est-ce que vous faites ici ? fit la secrétaire, soupçonneuse.

— Euh, nous étions venus réparer la déchiqueteuse de documents, répondit Roxane, improvisant du tac au tac. Mais c'est terminé maintenant.

Les deux Chercheurs du Temps sortirent du lieu du crime et regagnèrent leur époque. Oui, tout était fini maintenant.

Le laboratoire était sens dessus dessous. Dans un accès de désespoir mêlé de colère, le professeur avait balancé par terre tout ce qui lui était tombé sous la main : les fragiles mécanismes d'horlogerie, les cornues et les alambics, les pièces d'électricité, tout son matériel gisait par terre. Clarence était assis au centre, un bras passé sur le dossier d'une chaise Louis XIII. Au milieu de ce capharnaüm, les deux Chercheurs n'osaient se regarder. Roxane prit une chaise à son tour qu'elle plaça près de la sienne, et s'assit à califourchon.

— Clarence, demanda-t-elle tout bas, l'appelant par son prénom pour la première fois, cherchant ses yeux. Peut-être que c'est de la curiosité mal placée… Peut-être que vous m'en voudrez toute ma vie… Mais… Il faut que je vous demande. Pourquoi avez-vous fait une chose pareille ? Qu'est-ce que vous lui avez dit à l'oreille ?

Il ne répondit pas.

— Je ne vous en voudrai pas, si c'est ce qui vous fait peur. Je ne vous… elle n'osa pas : je ne vous en aimerai pas moins.

Il releva ses yeux noirs vers elle.

— Tout plutôt que ce silence, reprit Roxane. Vous n'imaginez pas tous les scénarios que je m'invente, alors que c'est peut-être moins grave... ?

Elle laissa sa phrase en suspens.

— Moins grave… que tuer son propre fils ? Il bégaya : vous… vous n'imaginez pas le courage qu'il m'a fallu pour faire ça.

Il lui prit les mains.

— Dis, soupira-t-il, un sourire en coin, on peut se tutoyer ?

Elle lui rendit son sourire.

— J'osais pas te le demander. Alors ?

— C'est juste, tu dois savoir.

Ce premier « tu » lui réchauffa le cœur. Il commença son récit.

— Dans mes nombreux voyages, je suis allé à Hambourg, en 1796. À l'époque, j'étudiais seul encore, et j'avais voulu faire un voyage « à l'ancienne », comme en faisaient les étudiants riches. Anna était là-bas, c'était une jeune bourgeoise, d'une famille très connue. Ils avaient une grande propriété sur l'île de Fehmarn. Nous nous sommes rencontrés à un bal qu'ils donnaient pour le printemps, et j'en suis tombé amoureux, à la seconde où je l'ai vue descendre les escaliers dans sa robe blanche.

Il soupira, se rappelant soudain que Roxane portait une robe semblable au bal où ils avaient rencontré Jane Austen, superposant les deux visages.

— Tu le sais aussi bien que moi, reprit-il, les interactions entre le présent et le passé sont très dangereuses. J'ai toujours évité de bousculer les vies des gens que je rencontrais dans le passé. Tu te rappelles, la façon dont je t'ai crié dessus pour Nerval ? Elle hocha la tête. Avec Anna, j'ai lutté de toutes mes forces, mais… jamais je n'avais ressenti cela auparavant. C'était comme si… je naissais une seconde fois, que je découvrais le monde d'un œil neuf. Je n'imaginais plus ma vie sans elle. Elle était si parfaite ! L'incarnation de tout ce dont j'avais jamais rêvé chez une femme.

Il s'interrompit et regarda Roxane, qui elle, avait les yeux brillants et tâchait de ne pas pleurer.

— Ça me paraît étrange… de te parler de ça. À toi... Et j'ai l'impression d'utiliser tous les clichés possibles pour parler d'elle.

— Continue, dit-elle, la gorge serrée.

— Bref. Un vrai coup de foudre. De ceux qu'on croit n'exister que dans les romans.

— Je connais ça, murmura-t-elle en baissant les yeux.

— J'ai succombé… hésita-t-il. Une nuit, elle m'avait donné rendez-vous dans leur volière. C'est cette nuit-là qu'a été conçu David. Mais je ne l'ai jamais su. Je suis parti le lendemain matin, lui laissant une lettre où je mentais en lui disant que je ne l'aimais pas, pour qu'elle souffre moins. Quelques fois, en cachette, je suis retourné la voir. Elle était chaque fois seule, jusqu'à un jour où David, déjà grand, était à ses côtés. À son teint, j'ai tout de suite compris qui il était. Mon fils… À partir de ce moment-là, chaque fois que nous étions réunis au même endroit, à la même époque, le Temps essayait de se remettre en place, creusant des trous pour nous avaler dans le vide.

Roxane lui serra les mains, et il mit un peu de temps avant de reprendre.

— David était né de deux lignes temporelles différentes, il était un paradoxe à lui tout seul. Le seul moyen pour que l'humanité ne soit pas réduite à néant, que le continuum espace-temps ne soit pas déchiré, c'était de faire en sorte… qu'il n'existe plus. Je n'ai pas été capable d'expliquer cela à Anna. Je croyais qu'elle ne comprendrait pas, et que même si c'était le cas, jamais elle ne voudrait… tuer notre fils. Je me suis rendu à Fehmarn, où j'ai emmené David sur les falaises, à l'endroit même où nous nous étions promenés si souvent.

Il soupira, et de grosses larmes coulèrent sur ses joues. Roxane descendit de la chaise, et le prit dans ses bras.

— C'est ce que je lui ai dit à l'oreille, tout à l'heure. La suite, tu la connais.

Il n'eut pas besoin d'expliquer plus avant. Roxane se souvint de toutes les fois où Anna avait évoqué cette histoire, et de la fois où elle avait vu David au bal… Tout ce qu'elle avait entendu reprit sa place dans le puzzle et s'éclaira d'un jour nouveau. Clarence avait poussé son fils dans le vide, et Anna avait été témoin.

— Tu n'es pas un assassin, Clarence… conclut-elle en le serrant plus fort dans ses bras. Je t'aiderai à aller mieux.

Il ne répondit pas, mais sourit.

Chapitre VII – Le brouillard d'Edgar Allan Poe

*

« Il est évident que nous nous précipitons vers quelque entraînante découverte, – quelque incommunicable secret dont la connaissance implique la mort. »
Edgar Allan Poe

De nos jours

Clarence déposa une série de petits baisers sur le visage de Roxane.

— Tu ne crois pas qu'il faudrait annuler ce contrat ? lui demanda-t-elle en embrassant ses mains couvertes de cicatrices. Les choses sont différentes, maintenant...

Clarence sourit en la serrant dans ses bras, calant sa tête dans son cou.

— C'est vrai. Il attendit un peu avant de demander : tu voudrais aller où ? Est-ce que voir Poe ne te plairait pas ?

— Je sais pas trop, hésita-t-elle. J'ai un peu peur de briser le mythe...

— Je comprends ! Mais imagine un peu, savoir ce qu'il lui est arrivé les trois derniers jours, ça ne te plairait pas ? Tu pourrais ensuite trouver des preuves, et t'en servir dans ta thèse.

Elle se redressa sur un bras, ouvrant de grands yeux.

— Tu plaisantes ? Et l'éthique ? C'était pas un des points du contrat ? « Assister à l'histoire sans la modifier et ne pas en tirer de profit personnel ? » Ce n'est pas toi qui as renvoyé un étudiant avant moi parce qu'il voulait se faire du fric avec des bijoux piqués en Égypte ?

Clarence leva les yeux au ciel, un peu gêné.

— Mais pour toi... Tu viens de le dire, les choses sont différentes, maintenant.

Roxane plissa la bouche.

— Dans ce cas... Laisse-moi y réfléchir.

Et elle remonta les draps au-dessus de leurs têtes en riant.

Baltimore

— 2 octobre 1849 —

14 h 30

Mr Poe arracha quelques feuilles de palmier de son chapeau, qu'il remit sur sa tête d'un air satisfait. Il prit la pierre ponce sur la petite table de toilette et frotta les coutures de son habit, dont certaines lâchèrent.

— Ainsi, murmura-t-il pour lui-même en tirant sur un fil qu'il arracha, cela ne fera que plus vrai.

Il s'admira dans la psyché de sa chambre d'hôtel et, s'étant inspecté des pieds à la tête, hocha la tête puis sourit, satisfait. Sur le lit, son costume de laine noir, fraîchement lavé et apprêté, semblait attendre sagement qu'il le porte. Le miroir lui renvoyait l'image d'un vagabond à la piteuse allure. Mr Poe avait acheté un manteau et un pantalon d'alpaga de coupe médiocre, qu'il avait vieillis et salis, une paire de chaussures usées aux talons, et ce vieux chapeau maintenant tout déchiré. La chemise était toute chiffonnée et souillée par de la terre prise dans les plantes en pot sur le rebord de la fenêtre, et il n'avait ni gilet ni faux-col. À son doigt, il glissa l'alliance qu'il avait enlevée depuis que Virginia était morte. Un air mélancolique passa sur son visage, vite remplacé par un autre sourire. Vêtu de cette manière, n'importe qui l'aurait pris pour le dernier des pauvres, et c'était précisément ce qu'il voulait. Ainsi, la petite Mabel l'aimerait peut-être…

Mabel était la première personne qu'il avait vue en débarquant à Baltimore. Sur le quai, elle vendait des fleurs à un cent dont elle faisait des petits bouquets. Quand il avait croisé ses yeux, aux couleurs de ses pensées, il en était tombé immédiatement amoureux. Chose étrange, et si délicieuse pour lui qui n'avait connu que le spleen au cours de ces derniers mois. Mais quand il était passé près d'elle, elle lui avait tourné le dos, une petite moue dédaigneuse sur les lèvres. Il avait continué son chemin, mais toujours depuis, les grands yeux violets le suivaient. Durant la première nuit qu'il avait passée à l'hôtel, à peine s'était-il couché que son visage pâle, ses boucles blondes, ses lèvres tristes étaient réapparus.

Il était revenu le lendemain au port, puis le surlendemain, et elle était toujours là. Il l'avait observée de loin, avait pris ses renseignements. Devenue orpheline très jeune d'un père tombé en mer, elle avait poussé sur le quai, comme si elle attendait le retour du seul parent qu'elle avait connu… Pour ne pas sombrer dans la prostitution, qui était le lot de beaucoup de ses contemporaines, elle vendait des fleurs, et évitait tout ce qui ressemblait de près ou de loin à un homme célibataire, qui plus est riche, tant elle avait honte de sa condition. Voilà deux raisons pour lesquelles elle n'avait pas regardé Mr. Poe.

Il voulut tout faire pour obtenir son attention.

Dehors, à quelques centaines de mètres de l'hôtel, la rivière Patapsco faisait naître deux choses en même temps : un brouillard épais comme du coton sale, et deux Chercheurs du Temps, arrivés pour la première fois à bord d'un minuscule sous-marin.

*

La tête rousse de Roxane Marty passa par le sas d'embarquement, pareille à un périscope. Elle regarda à droite et à gauche.

— C'est bon, annonça-t-elle. Rien à signaler, on peut circuler.

Un rire résonna en dessous d'elle. D'une traction des bras, elle se hissa à mi-corps et s'assit sur la coque en cuivre. Rapidement debout, elle tendit la main à Clarence qui sortit à son tour du *Narval*, un gros sac étanche à la main. Tous deux refermèrent le sas en le vissant, poussant à fond sur les poignées dorées, et sautèrent sur le quai. D'un clic de son porte-clef, Clarence Fertennant fit disparaître son sous-marin au fond de la rivière, comme s'il s'agissait de fermer les portières d'une vulgaire voiture du futur. Par-dessus leurs combinaisons de plongée en néoprène noir, qui leur donnaient un peu l'allure de Batman et Catwoman, ils enfilèrent rapidement des tenues 1850 que Clarence sortit de son sac, à savoir un costume noir pour lui, et une robe en laine à carreaux bordeaux pour elle.

— Sans crinoline, râla-t-elle en fermant les derniers boutons sous son cou, je vais avoir l'air d'une prostituée.

Clarence leva les yeux au ciel.

— Ce n'est pas de ma faute si elle ne rentrait pas dans le *Narval*. Mais ne t'inquiète pas, ajouta-t-il en lui donnant une petite tape sur les fesses, ça ne se voit pas.

Vexée, elle sursauta et se mit à marcher droit devant elle, attachant ses cheveux en un chignon bas.

— Mais tu ne sais même pas où on va ! cria-t-il en lui courant après. Et je te trouve très belle. Je voulais dire que tu avais la taille fine, enfin...

Elle ralentit le pas.

— Parce que toi, tu le sais, où on va ? ironisa-t-elle sans relever sa tentative de pardon.

Ils avaient mis au point leur plan ensemble, c'était une question inutile. Non, il ne le savait pas.

— Tiens, fit-il en sortant une paire de talkies-walkies du sac, et en lui en tendant un. On se retrouve ici même à la fin de la journée. Voilà ton argent pour l'omnibus, et ton plan. Pas de bavures, pas de questions, aussi discrète qu'une souris, lui rappela-t-il.

— On pourrait pas y aller ensemble, dis ? soupira-t-elle en lui prenant les mains en même temps que l'argent.

— Mais, je...

— Je sais qu'on a déjà tout planifié, enfin, que *tu* as tout planifié, l'interrompit-elle, mais après tout, on a tout le temps qu'on veut pour trouver Poe... On pourra retourner ici autant de fois qu'on veut, non ?

— Tu te rappelles, le bazar que tu as mis quand on est allés voir Ronsard? Je n'ai pas franchement envie que ça recommence. Moins il y aura d'exemplaires de nous ici-bas, plus ça sera simple. On s'en tient au plan.

— T'es pas drôle.

— Promis, lui dit-il en l'embrassant, la prochaine fois, on va dans un endroit où tes excès passeront inaperçus.

Elle sourit.

— Et où il fera beau, ajouta-t-elle en avisant le brouillard qui devenait toujours plus épais.

*

Les cieux étaient de cendre et graves ; des feuilles, crispées et mornes, tourbillonnaient comme des pensées périssables. C'était la nuit en ce solitaire octobre, et Edgar Allan Poe, foulant les pavés luisants de Baltimore, pensait qu'il vivait là sa plus immémoriale année. Mabel, l'inoubliable et si lumineuse Mabel, n'était pas sienne, et ne le serait jamais. Tous ses stratagèmes n'y avaient rien fait, elle était restée de marbre. À peine si un sourire méprisant avait défiguré son beau visage. Et ce sourire-là lui avait fait plus mal que si la douce jeune femme lui avait opposé un non franc. Dans cette grimace, l'âme psychosée de Poe voyait tous les reproches, même ceux qui n'existaient pas. Mabel faisait désormais partie de ces rêves d'idéal qu'il ne réaliserait jamais. Comme tant d'autres, elle était devenue le passé, et avait rejoint les figures fantomatiques des êtres aimés. D'un sourire, elle avait fait de lui un homme vieux, malsain, et fou.

Edgar Poe regarda devant lui : le brouillard était devenu maintenant si épais qu'il donnait l'impression de se coller sur les vêtements, de s'infiltrer dans la peau, et de griser l'âme. Il ne savait plus depuis combien de temps il marchait, et, depuis le port, s'était maintenant perdu dans des chemins tortueux. La brume grise, éclairée çà et là par des lampadaires, transformait les rues en couloir de la mort.

À cet instant, il lui sembla qu'il ne lui restait plus rien ; ni amour, ni santé, ni but, ni joie, ni amis… ni même l'envie de tirer un poème de sa douleur. Son âme était comme le brouillard dans lequel il nageait : sombre, froide et lourde. Un chancre noir qui dévorait ce qu'il avait de meilleur en lui.

*

Le Narval émergea de la rivière Patapsco au moment où le professeur Fertennant et Roxane Marty se reconnurent dans la nuit. Elle courut presque pour le rejoindre. À l'instant où ils se serrèrent dans les bras, toutes leurs angoisses disparurent.

— Oh, murmura Roxane, tu m'as tellement manqué…

Clarence eut un sourire malhabile.

— Mais nous nous sommes séparés que quatre heures !

Elle le regarda d'un air étrange, comprenant qu'il ressentait exactement la même chose qu'elle.

— Toi aussi ?

Il hocha la tête.

— C'est comme si le spleen s'était abattu sur nous. Tu n'as pas remarqué, tous ces gens, leurs…

—… têtes de cadavre ? l'interrompit-elle, un peu plus vive.

— C'est comme si Baltimore concentrait tous les malheurs du Monde.

— Une vraie machine à déprime. Tu te rends compte que j'ai empêché une femme de se jeter à l'eau, sur le port ? Elle avait jeté toutes ses fleurs dans la mer, et allait pour les rejoindre. Je lui ai parlé deux minutes, et là, incroyable : elle est repartie gonflée à bloc, comme si soudain je lui avais insufflé du bonheur en intraveineuse. Je sais que je suis optimiste, mais quand même ! De là à la convaincre aussi facilement…

Clarence retrouva son éternel sourire.

— Tu sais t'y prendre pour infuser des pensées heureuses. Cela dit, en y repensant, je crois bien qu'il m'est arrivé quelque chose d'un peu semblable : j'ai demandé mon chemin au cocher d'un cab, et il est reparti tout guilleret, alors qu'il grognait que je le dérangeais une seconde avant.

Roxane plissa la bouche, renonçant à expliquer le phénomène.

— Anyway, pas de trace de Poe, conclut-elle en changeant de ton.

— Ni moi non plus.

— Qu'est-ce qu'on fait ?

— On part à la recherche d'un pub ! s'exclama-t-elle. Et d'un hôtel ? Non parce que la combi de plongée, moi, je la supporte plus ! Je dois avoir douze litres de sueur dessous.

Clarence éclata de rire.

— D'accord !

Et ils s'éloignèrent du Narval, collés l'un à l'autre dans la brume montante de la rivière, encore et toujours plus épaisse.

Baltimore

— 3 octobre 1849 —

14 h

De tous les visages féminins qui avaient hanté Edgar Allan Poe depuis sa plus tendre enfance, c'était celui de sa mère, Elizabeth, qui se superposait aux autres en cette heure. Le plus ancien et le plus doux des visages. Pourquoi précisément à ce moment de sa vie ? Était-ce un tournant, un moment décisif ? Était-ce parce que c'était le premier visage qu'il avait vu, et le dernier qu'il verrait avant de fermer les yeux sur la mort ? Car oui, la mort était au tournant de la rue, il le savait, il le sentait. Non pas qu'il la désirait de toutes ses forces, il s'agissait plutôt d'une force sourde et fatale qui s'était insinuée dans tout son être, comme un poison létal qu'on lui aurait injecté à son insu. S'il en avait toujours eu peur jusque-là, aujourd'hui, il l'acceptait comme un soulagement. Tout ce qu'il avait fait de mieux était derrière lui, alors, à quoi bon continuer ? L'amour qu'il avait cru éprouver pour cette marchande de fleurs ; quel était son prénom, déjà ? – n'était qu'une mascarade, le chant de cygne de son corps maladif et perclus de remords.

En ce début d'après-midi, la brume était devenue si dense qu'il faisait noir comme en pleine nuit. Une chape de plomb s'était abattue sur la ville de Baltimore, l'enveloppant dans le silence et la dépression les plus complets. Plus personne ne parlait, on n'entendait que les bruits mécaniques des véhicules, des usines et du port, et ceux, naturels, des gouttes suintant le long des façades et des feuilles des rares arbres en cage frissonnant dans leur chute. Une corne de brume résonna au loin, avec la netteté d'un instrument d'orchestre.

Roxane et Clarence ne s'étaient pas quittés de la journée. Ils avaient compris combien leur séparation de la veille aurait pu leur être fatale à l'aune des humeurs des passants. Tous les gens qu'ils avaient rencontrés dans leur quête du poète étaient du même tempérament mélancolique et défaitiste. Et tous avaient relevé la tête et avaient continué leur chemin d'un pas joyeux quand ils leur avaient adressé la parole. À force de marcher dans la ville et de voir la brume épaisse s'effilocher à leur passage, ils en étaient arrivés à la conclusion que peut-être, leur déplacement temporel avait causé un bouleversement dans les émotions. Comment, cela était une autre question.

Au croisement de la rue Virginia et du faubourg Shelton, les deux Chercheurs du Temps tombèrent nez à nez avec Edgar Allan Poe, totalement dépenaillé, la démarche incertaine et lourde d'un ivrogne.

— Nom de Zeus, chuchota Roxane en agaçant son ancien professeur du coude : c'est lui !

Clarence se pencha sur elle tout en ne quittant pas des yeux l'espèce de clochard qui s'avançait.

— Tu en es sûre ?

— T'as pas lu le carnet de voyage préparatoire ou quoi ? Et puis ça fait maintenant deux ans que j'ai sa trogne en livre de chevet, je le reconnaîtrai n'importe où... et n'importe *quand*. Les habits pouilleux, c'est normal. Enfin, on l'a trouvé comme ça, même si personne n'a jamais compris pourquoi.

— On pourrait aller lui demander, suggéra Clarence. De toute façon, qui que ce soit, il a visiblement besoin d'aide.

Roxane hocha la tête et ils s'approchèrent du poète, qui ne les aperçut pas avant qu'ils soient à dix centimètres de lui.

— Qu'est-ce que vous me voulez ? leur demanda-t-il en anglais, leur lançant un regard effrayé, un peu hagard.

— Juste vous aider, intervint Roxane en lui répondant dans sa langue.

Edgar Poe reconnut son accent.

— Oh, vous êtes française... lui dit-il en français, semblant se ressaisir un peu.

— On peut vous raccompagner quelque part ? lui proposa-t-elle gentiment.

Il n'avait pas l'habitude qu'on lui témoigne ce genre d'attention, et dans l'état lamentable dans lequel il se trouvait, cela lui fit du bien. Il hésita un peu, comme perdu, avant de répondre.

— Je... un endroit chaud ? Il faudrait que je me change, constata-t-il en tirant sur son manteau.

Roxane lui prit le bras, et Clarence lui remit son chapeau crevé droit sur la tête.

— La taverne la plus proche. Ça vous va ?

Poe hocha la tête sans rien dire.

— Vous êtes à l'hôtel ? hasarda Roxane.

— Oui, mais je crois bien qu'il est à l'autre bout de la ville, et j'ai besoin de me remettre...

— Vous êtes poète ? ajouta Clarence.

Roxane lui lança un regard noir.

— Poète... répéta-t-il en haussant les épaules. C'est un vaste mot... Mais écrire... On ne m'y reprendra jamais plus.

Roxane lança un regard en coin à Clarence, qui lui répondit par un clin d'œil. En entendant ces mots, il n'avait plus de doutes. Devant eux, l'enseigne du « Gunner's Hall » grandit à travers la brume, qui disparaissait sous leurs pas pour se reformer un peu plus loin derrière.

— Évidemment, murmura Roxane pour elle-même.

Elle savait que le « Gunner's hall » était l'endroit où Walker l'avait trouvé, et de là qu'avait démarré la funeste légende des trois jours mystérieux précédant sa mort. Depuis l'intérieur de la taverne, plusieurs groupes bruyants découpaient leurs silhouettes sur les petites fenêtres à carreaux jaunes.

Quand ils passèrent la porte, Roxane et Clarence virent à droite, en face des tables où quelques clients buvaient, des bureaux de vote installés provisoirement. Même si elle savait ce qu'il allait advenir de fatal par la suite, Roxane ne put s'empêcher de sourire faiblement en les voyant.

— Là, ça ira ? s'inquiéta-t-elle en aidant son poète favori à s'asseoir d'une main, et faisant signe au patron de l'autre.

Edgar Poe hocha la tête. Un sourire soulagé éclaira son visage devant la chope de lait chaud que Roxane lui avait fait apporter.

— Mais que... s'étonna le professeur en voyant le poète boire à grands traits, puis reposer la tasse vide, la moustache maintenant blanche. Et l'alcool ?

— Légende urbaine, précisa-t-elle tout bas, il ne le supporte pas. Et puis, vu son état, je pense que ça vaut mieux.

— Demande-lui maintenant ce qu'il lui est arrivé ! l'encouragea Clarence de la main.

Roxane s'apprêta à reculer une chaise pour s'asseoir près de son sujet de thèse, mais ne le fit pas.

— Il est en sécurité maintenant. Je ne préfère pas.

Et elle tourna les talons, franchissant la porte dans l'autre sens pour s'enfoncer dans le brouillard. Clarence lui courut après.

— Mais pourquoi tu fais ça ?

— Tu te rappelles, briser le mythe ? Je n'en ai toujours pas envie, et toujours pas envie de savoir. Je crois que, quelque part, nous étions là pour le conduire là-bas, au chaud.

— Tu penses que nous l'avons sauvé ?

— On lui a donné quelques jours de répit, tout au plus... Pour le reste, c'est une âme condamnée. Tout l'optimisme du monde n'aurait rien pu pour lui. Je l'ai lu dans ses yeux... ce même regard que je vois parfois dans ma glace, quand je pense à mon passé. Trop lourd à fuir,

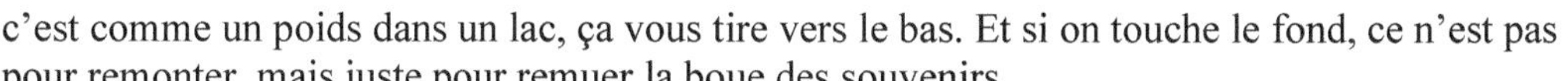

c’est comme un poids dans un lac, ça vous tire vers le bas. Et si on touche le fond, ce n’est pas pour remonter, mais juste pour remuer la boue des souvenirs...

Clarence posa la main sur son épaule, étonné de cette confession douloureuse. Elle ne lui avait jamais parlé de son passé, et il n’avait jamais entendu ni ces mots ni cette détresse dans sa voix.

— Tu te rends compte, fit-elle remarquer, les derniers mots que j’ai entendus de lui ? « Nevermore ».

Elle secoua la tête en riant, retournant à sa bonne humeur habituelle. Ils revinrent en silence jusqu’au Narval, qui s’immergea dans la rivière Patapsco pour y réapparaître plus de cent-soixante ans plus tard.

De nos jours

Clarence, en revenant dans le présent, redevint soudain le professeur qu'il avait toujours été. L'espace d'un instant, il regarda Roxane différemment, sans le filtre de l'amour qu'il lui portait. Le regard triste qu'elle avait eu lui avait fait peur, et il se souvint de toutes les femmes aimées qui étaient passées dans sa longue vie. Toutes, un jour ou l'autre, lui avaient lancé ce regard : ils les avaient toutes perdues. Il suffisait de voir ce qu'il était advenu d'Anna. Avant elle, il y avait eu Éléonore Aubry, une demoiselle des Années folles, morte brûlée vive comme sorcière en 1569 pour y avoir apporté ses idées féministes ; Mary, succombant à la variole contre laquelle elle n'avait jamais été vaccinée, puisqu'elle n'existait plus à l'époque où elle était née. Il y avait eu Jeanne, Clara, Rose, Diane, Emily, et tant d'autres... Est-ce qu'il allait arriver la même chose à Roxane ? Deviendrait-elle pour lui aussi un fantôme, à l'instar des muses que le poète de Baltimore avait aimées ? Non, il ne lui souhaitait pas cela. Il l'aimait, mais beaucoup trop pour la perdre. Il s'était pourtant juré de ne plus prendre d'étudiante à son côté. Pourquoi avait-il changé d'avis en la voyant derrière le bureau ?
— Alors, on va où maintenant ? lui demanda-t-elle en ôtant ses bottines rouges aux semelles filigranées d'or. Tu m'as promis de la chaleur, on va faire la fête ?

Le sourire qu'elle lui lança était si craquant qu'il se détourna pour ne pas changer d'avis. Oui, ils iraient faire la fête, une fête si folle que la nouvelle qu'il allait lui annoncer — s'il y parvenait — s'évanouirait dans le tourbillon des rires et des feux d'artifice.
— Vaux-le-Vicomte, août 1661, ça te dit quelque chose ? lui proposa-t-il.

Roxane serra ses poings de joie et trépigna sur place, comme une gamine de quatre ans à qui l'on a promis un anniversaire extraordinaire. Un second sourire, plus lumineux que le premier, acheva le professeur Fertennant. Sur sa joue coula une larme, et il la cacha en se détournant pour prendre le carnet de bord vide de leur prochain voyage.

Chapitre VIII – L'Exécution du Tyran détesté

« L'image de la mort de Ceauşescu a été montrée à la télévision roumaine, c'est la preuve de la fin du tyran détesté. »
Journal d'Antenne 2, 26/12/89

De nos jours

C'était dimanche. Clarence Fertennant et Roxane Marty se reposaient d'un voyage éprouvant à la recherche de Vinci, qui n'avait rien donné. Il est des mystères qui restent des points fixes dans le temps, et la Mona Lisa en était un. Roxane, encore en robe Renaissance, histoire de garder un peu la saveur de ses vacances, arpentait le laboratoire pendant que Clarence travaillait sur son ordinateur portable.

Sur une étagère, elle retourna un vieux tromblon dans ses mains.

— Est-ce que ça fonctionne encore, ce truc-là ?

Clarence jeta un bref coup d'œil avant de retourner à son écran.

— Si j'étais toi, je le reposerais. Il a déjà fait maintes fois ses preuves et je le laisse toujours chargé, juste au cas où.

— Au cas où quoi ? D'une invasion de pirates ? La fin du monde ?

— Tu as quelqu'un à tuer ? s'amusa-t-il.

Roxane reposa l'arme sur la paillasse et haussa les épaules.

— Non. Soudain grave, elle pensa : *pas aujourd'hui, en tout cas.*

Mais si elle pouvait remonter dans le temps... Une idée affreuse lui retourna l'estomac et fit disparaître sa bonne humeur légendaire. Elle *pouvait* remonter le temps. Elle pouvait le retrouver pour le tuer. Pour le faire payer. D'un doigt, elle effleura le canon. Clarence la regarda par en dessous.

— Ça va ?

Elle secoua la tête pour chasser la pensée trop poignante.

— Moi, ça va toujours, tu le sais, lui répondit-elle, un sourire triste sur les lèvres. Elle fit le tour de la table pour le prendre dans ses bras et l'embrasser : où est-ce qu'on mange, ce soir ? lui demanda-t-elle pour changer de conversation.

— Je connais un petit resto sympa rue Lepic.

— Quelle année ?

— 1922, c'est la meilleure. Clarence détacha enfin son regard de son ordinateur et lui enserra la taille : tu vas au quatrième ?

Elle sourit et monta se changer : le quatrième étage du 17 rue du Cloître-Notre-Dame – l'immeuble de Clarence depuis la Révolution française ; n'était qu'une immense garde-robe, triée par époque. Elle piocha de quoi passer inaperçue en 1922 et redescendit se préparer. Depuis que leur relation avait évolué, l'étude des lettres n'était plus franchement le cœur de leurs voyages. Ils s'amusaient, comme le font de jeunes mariés en lune de miel.

L'idée du meurtre n'avait pas quitté Roxane de la soirée. Pas une seconde elle ne l'avait oubliée, même quand le serveur lui avait offert un dessert pour les complimenter, pas même lorsque Clarence lui avait proposé encore une fois de partir faire la fête en 1661, à Vaux-Le-Vicomte. Toujours, en arrière-plan, tournaient, comme une ritournelle fascinante d'horreur et de joie, les images du pistolet et de son visage terrifié, couvert de sang, de ses yeux bleus écarquillés pour toujours, de toute cette meurtrissure qui ne serait plus. Les voyages dans le Temps avaient quelque peu révisé ses principes sur le bien et le mal. Elle avait vu beaucoup d'hommes mourir, pourquoi pas un de plus, si cela pouvait la soulager, améliorer son existence ? Et qui se soucierait d'un homme tué dans le passé ? Jamais personne ne pourrait la soupçonner. Il ne deviendrait plus qu'un souvenir, qu'un article de journal poussiéreux. C'était *possible*.

— Tu recommences, dit Clarence en agitant ses doigts devant sa figure. Qu'est-ce que tu as, ce soir ?

Roxane refit le point et regarda son amoureux, puis lui sourit d'un air absent. Ils étaient rentrés à l'appartement sans qu'elle ne s'en rende compte, sans même qu'elle ne se rappelle avoir ressenti les effets habituels du voyage temporel. Elle enleva ses boucles d'oreilles en jais et le bandeau à plumes qui ornait sa coiffure crantée, détacha les semelles du temps de ses salomés noirs pour les poser sur la paillasse du labo. Ils descendirent se coucher, et ne se touchèrent pas.

Roxane se réveilla en pleine nuit, son pyjama trempé de sueur. Un cauchemar, toujours le même depuis son enfance, était revenu la hanter. À côté d'elle, Clarence dormait, roulé en boule comme un bébé. Sa respiration était lente et régulière. Un instant, elle lui en voulut de dormir si bien, si loin, sans elle. Et puis la Pensée revint. Elle se leva le cœur battant, la démarche roide d'un zombie, et monta les escaliers pour entrer dans le laboratoire. Le vieux tromblon était toujours là, tentant, brillant à la lueur de la lune, à côté des semelles du temps. Roxane alluma l'électricité, mais la lumière forte ne réveilla pas son esprit ni ne chassa ses préoccupations, toujours présentes. Elle avança la main vers la table.

Roxane n'avait rien préparé pour ce voyage-là. Elle s'était contentée d'enfiler une doudoune fluo prise au quatrième par-dessus son pyjama. Nul carnet de bord, nulle recherche sur Internet ne lui serait utile. Elle savait où et quand elle irait, et savait également qu'elle ne serait présente en 1989 que quelques minutes. Elle avait tant imaginé, tant rêvé son geste, que rien ne pourrait la faire changer d'avis, que c'était comme s'il s'était déjà produit.

Elle n'éprouva qu'un léger vertige quand elle atterrit dans la cabane à outils, et se ressaisit très vite. En se relevant, elle se cogna la tête dans une poutre. L'endroit était beaucoup plus petit que dans son souvenir. Gamine, elle avait fait de cette cabane son quartier général. Il y avait encore le premier vélo rose qu'on lui avait offert. Par un minuscule hublot obturé de toiles d'araignées, elle vit le jardin recouvert de neige, et les petites empreintes de leur chat Beetlejuice, qui mourrait l'année d'après, écrasé par une voiture. En face, les rideaux ouverts des portes-fenêtres donnaient sur le salon. Même si les meubles étaient tout neufs, ils lui donnèrent l'impression de faire partie d'un vide-grenier. Le canapé gris auquel elle avait mis le feu à huit ans prenait la moitié de la pièce, et les tonnes de bibelots de sa mère n'avaient pas encore envahi les étagères. Dans un coin, un sapin ridicule, aux guirlandes de plastique multicolores, laissait pendre ses branches et ses aiguilles tapissaient le sol. Beetlejuice, comme l'année précédente, s'était fait un plaisir de le maltraiter.

La maison orange, comme ils l'appelaient, était, comme la cabane, beaucoup plus petite que dans son souvenir. Derrière le salon, venait la cuisine, juste séparée par un bar. Sur la gauche, tout au fond, après les escaliers, c'était la porte d'entrée. Trois silhouettes descendirent les marches et s'y agitèrent, dont une conséquemment plus petite que les autres. La femme enfila son manteau et aida la petite à mettre ses gants. Roxane ferma les yeux, et sentit le parfum de sa mère se pencher sur son minuscule double. Les deux filles refermèrent la porte. L'homme resta seul et s'assit devant la télé.

Si Roxane avait choisi ce moment très précis, c'était parce qu'elle se rappelait exactement être allée chercher le gâteau d'anniversaire chez sa grand-mère, et qu'elles étaient revenues toutes les trois ensemble pour le repas de midi. Le fait que son père soit né le lendemain de Noël l'avait aidé à fixer certaines dates. Sa mère et elle iraient à pied à l'autre bout du village, et seraient absentes une bonne demi-heure.

Roxane avait donc une demi-heure pour agir. Elle sortit de la cabane à outils et traversa le jardin : comme il était ceint par deux grands murs, et que Beetlejuice demandait sans cesse à sortir, jamais on ne verrouillait la porte-fenêtre. Elle l'ouvrit d'un coup sec. Son père, vêtu d'un pull beige en acrylique hideux, affalé devant un reportage d'Antenne 2 traitant de la mort des Ceaușescu, sursauta en la voyant entrer.

Sans lui laisser la moindre chance, Roxane sortit le tromblon de sous sa doudoune et lui tira dessus. Les plombs lui perforèrent la poitrine, son pull s'imbiba de sang, et ses yeux bleus, qu'elle n'avait jamais vus envahis par la peur avant ce moment, se fermèrent. Il mourut de la même manière qu'il avait détruit sa vie. Sans un pardon, sans un cri, sans un bruit.

Avant de reprendre sa place dans le cours du Temps, Roxane regarda son père et se dit que c'était peut-être injuste de tuer un homme qui n'avait encore rien fait de mal. Mais elle regarda son ancienne maison, et ne ressentit aucune nostalgie, n'eut aucun regret. L'homme qui gisait dans le fauteuil n'était plus rien pour elle depuis longtemps. Elle haussa les épaules et se pencha pour actionner ses semelles, puis disparut dans un faisceau de lumière bleue au moment où sa mère, sa grand-mère et son double de cinq ans ouvraient la porte.

De nos jours

Roxane se réveilla sur un lit blanc, dans une chambre inconnue. Un affreux mal de tête lui vrillait le crâne, les murs semblaient tourbillonner autour d'elle.

Pourquoi la douleur est-elle si intense ? se demanda-t-elle. Un retour vers le futur d'un peu plus de vingt ans n'aurait pas dû être si difficile à supporter. Dernièrement, les déplacements temporels lui étaient même devenus si familiers qu'elle n'éprouvait plus qu'un léger vertige. Évidemment, pensa-t-elle, les deux exemplaires d'elle-même au présent se rejoignait pour ne plus en former qu'un seul. Il lui faudrait un certain temps avant de rassembler les informations des deux vies qu'elles avaient vécues.

Elle s'assit mais manqua de s'évanouir, et se rallongea. Les draps étaient imprégnés de son odeur et elle sut, intimement, que la chambre dans laquelle elle se trouvait était la sienne. Elle tourna son visage vers la fenêtre à droite. Les rideaux étaient violets, de sa couleur préférée. Il n'y avait pas un livre ici, hormis quelques magazines, mais sur la table de chevet, trônait le petit clown en porcelaine que sa grand-mère lui avait offert à sa naissance. Roxane était bien dans sa chambre, mais pas dans sa vie.

Un à un, de nouveaux souvenirs affluèrent à sa mémoire, et la seconde vie qu'elle s'était offerte en assassinant son père lui tomba sur le cœur et le crâne comme les coups d'un marteau sur une enclume.

Puisqu'elle n'avait pas connu son père, qu'il n'était pas devenu l'objet de sa haine, elle en avait fait un héros. L'image de son cadavre en rouge et blanc, ainsi que de son gâteau d'anniversaire écrasé au sol, avaient marqué sa vie d'une toute autre manière. Elle avait délaissé sa mère au lieu de la protéger. Elles n'avaient pas quitté la petite maison orange, à ses douze ans, pour recommencer leurs vies. Jamais Roxane n'avait eu à reconstruire sa confiance en elle-même, ni en les autres, et comme jamais elle n'avait eu peur qu'on la regarde, ni qu'on la touche, elle était devenue l'actrice mince et brillante qu'elle s'était rêvée. Jamais elle ne s'était réfugiée dans ses livres, et n'avait pas entrepris d'étudier la littérature à la Sorbonne. Elle n'avait pas rencontré là-bas le professeur Fertennant. Jamais elle n'était tombée amoureuse, et jamais elle n'avait voyagé dans le temps...

*

Roxane Marty toqua à la porte de M. Fertennant. Si sa vie à elle avait été bouleversée sur tous les plans, celle de son professeur ne pouvait avoir dévié énormément. Il lui ouvrit la porte, et son sourire éclatant, familier, la rassura. Derrière lui, un rapide coup d'œil lui certifia que son petit bureau n'avait pas changé. Sur le rebord de la fenêtre, trônait toujours le morceau du mur de Berlin qu'il avait détaché lors d'un de ses voyages.

— Bonjour monsieur, lui dit-elle. Je suis Roxane Marty. Je sais que vous ne me connaissez pas, mais...

— Si, je vous connais, l'interrompit-il. Roxane sourit, un espoir naissant dans le cœur. J'ai vu tous vos films, expliqua-t-il.

— Oh, fit-elle, déçue.

— Je vous ai dit quelque chose qui ne fallait pas ?

— C'est que, fit-elle en se tordant les doigts, je ne viens pas du tout pour ça. Est-ce que je peux entrer ?

Il avança son pied.

— Je suis désolé, je n'ai pas le temps.

— Je t'en prie ! l'implora-t-elle en repoussa la porte. Est-ce que tu voyages toujours dans le

Temps ?

Clarence se figea, regarda dans le couloir si personne ne l'avait entendue, et la fit entrer.

— Personne ne doit savoir.

Il referma la porte derrière elle. Roxane s'assit sur une petite chaise de classe, Clarence contourna le bureau pour prendre place, en face, dans son fauteuil attitré.

— Comment êtes-vous au courant ?

— C'est toi, vous qui m'avez recrutée, il y a deux ans. Enfin, dans un passé alternatif. J'étais une de vos élèves.

— Et si je ne vous connais pas aujourd'hui, c'est que, j'imagine, vous avez modifié quelque chose dans le passé ?

— Exact.

— J'ai du mal à vous croire, dit-il en joignant ses mains. Non pas tout ce qui concerne les deux lignes temporelles, ça, j'en ai vu d'autres. Mais que j'aie pu recruter une écervelée dans votre genre. Une fille à qui je laisserai le commandement de ma machine temporelle ? Une actrice frivole qui confond Méliès avec un joueur de foot ? Roxane ouvrit grand la bouche.

— Mais je...

— Ne niez pas, j'ai vu des interviews.

Roxane soupira et se frotta les yeux.

— Mais ça, c'est la Roxane que je suis devenue et que tout le monde connaît *ici* et *maintenant*. Dans mon autre passé, enfin, dans ma vraie vie, si je peux dire, j'ai fait des études, et je tiens l'institut de Lettres. C'est là que vous m'avez rencontrée. Je mène – menais – une thèse sur Edgar Allan Poe. On est d'ailleurs allés tous deux lui rendre visite.

Clarence Fertennant commençait à la croire, mais quelques questions devaient être élucidées.

— Mais si vous étiez une de mes élèves, j'ai bien dû vous dire qu'il ne fallait pas modifier le passé, surtout *son* passé ? C'est même une des premières clauses du contrat.

— Vous l'avez dit. Et j'ai signé ce contrat.

— Et pourquoi vous ne m'avez pas obéi ? Vous êtes du genre rebelle ?

— Non, j'ai toujours suivi tes.. vos lois. Bon c'est sûr, au début, j'ai fait quelques gaffes, mais après, jamais je n'ai dérogé à cette règle. Même à la fin...

Elle hésita. Peut-être ne fallait-il pas lui avouer tout de suite qu'ils étaient aussi amants, et que les derniers voyages entrepris n'avaient rien de scolaire.

— Pourquoi avoir changé d'avis ? Qu'est-ce que vous avez modifié, dans le passé ?

— J'ai tué quelqu'un. Clarence s'enfonça dans son fauteuil. Difficile d'imaginer cette ravissante et célèbre idiote abattre un homme de sang-froid. Mon père, avoua-t-elle.

Clarence mit un certain temps avant de répondre. Mais dans les yeux de la jolie rousse en face de lui, brillait une lueur qui ne mentait pas.

— Qu'est-ce qu'il vous a fait, pour vouloir le tuer ? demanda-t-il d'une voix plus douce. Et dans le passé, de surcroît ? Il ne pouvait rien vous arriver de plus grave que ce que vous aviez déjà vécu.

— J'ai juste souhaité qu'il ne soit jamais rien arrivé *du tout*.

— C'était quoi ?

— Je ne dirais rien. Je ne vous en ai même pas parlé dans l'autre présent, alors que nous étions pourtant... proches.

Clarence eut une moue circonspecte.

— Proches comment ?

Roxane attrapa la main de Clarence et la serra.

— Très proches.

Il la retira aussitôt.

— Ce n'est pas possible. Je veux bien croire que vous ayez été un peu plus qu'une élève pour moi, mais d'ici à imaginer que je puisse tomber amoureux, comme ça, alors que je me suis toujours juré le contraire, c'est du roman à l'eau de rose. Vous êtes une bonne actrice.

Roxane eut un sourire fugace.

— Et pourtant. Elle attendit un peu qu'il se fasse à cette idée avant de demander : vous m'aiderez ?

— Si nous avons voyagé si longtemps ensemble, soupira-t-il, vous devez alors savoir que je retourne très rarement sur les lieux que j'ai déjà visités. Se retrouver en double exemplaire est très dangereux.

— Mais là, vous n'y étiez pas. Vous iriez seul. Personne ne vous connaît là-bas, vous ne seriez pas en double. Vous m'empêcheriez de le tuer, dans la cabane, et repartiriez aussitôt ici et maintenant. Nous avons fait plus dangereux, et moi, je ne serai pas surprise de vous voir en 1989. On a l'habitude de ce genre de phénomène, tous les deux.

— Et qu'est-ce que j'y gagne ? Je crée un paradoxe de plus, je mets l'univers en danger, tout ça pour qui ? Pour une petite fille, un minuscule point dans l'univers. Pourquoi votre vie serait-elle plus importante que celle des autres ? Tout le monde voudrait pouvoir changer des éléments de son passé. Vous avez eu cette chance. Vous avez fait ce choix. Assumez-le. Roxane baissa la tête. Vos deux vies sont-elles si différentes l'une de l'autre ? demanda-t-il. Vous êtes une actrice, j'imagine bien que c'est ce dont vous aviez toujours rêvé. Et vous avez, dans votre esprit, la conscience de vos deux vies parallèles, avec ce que vous avez appris dans les deux. C'est une bénédiction. Profitez-en.

Roxane soupira. Elle sut que Clarence ne changerait pas d'avis. Il ne l'avait jamais fait, sur aucun sujet. Qu'est-ce qui pourrait faire bouger d'un millimètre le roc de ses convictions ?

— J'ai tué mon père avant qu'il ne me détruise, dit-elle doucement. Je ne l'aurais jamais fait si quelqu'un m'avait expliqué que, grâce à lui, un jour je te rencontrerais. Elle haussa les épaules et ajouta sans y croire : qui sait, peut-être apprendras-tu à me connaître.

Elle se leva et, lui jetant un dernier regard, referma lentement la porte de son bureau sur leur histoire d'amour mort-née.

Roxane n'éprouva qu'un léger vertige quand elle atterrit dans la cabane à outils, et se ressaisit très vite. En se relevant, elle se cogna la tête dans une poutre. L'endroit était beaucoup plus petit que dans son souvenir. Gamine, elle avait fait de cette cabane son quartier général. Il y avait encore le premier vélo rose qu'on lui avait offert. Clarence apparut à ses côtés, auréolé d'une lumière bleu électrique, se releva et se cogna lui aussi dans la poutre. Elle sursauta.

— Qu'est-ce que tu fais là ?

— Tu ferais mieux de me donner ton arme. Le coup peut partir tout seul.

— Alors tu sais.... Pourquoi m'en empêcher ?

— Quelqu'un m'a dit un jour, quelqu'un que j'espère, tu ne connaîtras pas, que jamais elle n'aurait tué son père, si on lui avait dit que, grâce à lui, un jour elle me rencontrerait.

Roxane lui tendit l'arme, et dans le jardin, les seules empreintes dans la neige fraîche qu'on put voir, en ce matin du 26 décembre 1989, restèrent à jamais celles du chat.

Chapitre IX – Le Fantôme de Vaux-le-Vicomte

*

« Ah d'un trouble bien grand je me sens agité !
J'ai de l'amour encor pour la belle inhumaine,
Et ma raison voudrait, que j'eusse de la haine ! »
Molière, Les Fâcheux (1661)

Vaux-le-Vicomte

— *17 août 1661* —

C'était une superbe nuit d'été. Une brise légère, soutenue par la brume des bassins, rafraîchissait les pelouses brûlées par le soleil pendant la journée. Les jardins exhalaient leurs senteurs nocturnes, et des feux de Bengale éclairaient le château, ainsi que la scène de théâtre installée pour l'occasion. En fait de scène, cela ressemblait plus à une grotte de fées ou à un palais des contes des *Mille et Une Nuits,* tant les décors en bois étaient chargés de dorures, de tissus opulents et de lumières chaudes. Devant celle-ci, sur une estrade, le roi Louis le Quatorzième, accompagné de sa mère la reine Anne d'Autriche ainsi que de sa maîtresse, mademoiselle de La Vallière, assistait à la première représentation des *Fâcheux*, comédie-ballet d'un certain Molière.

Roxane se matérialisa comme par magie dans le jardin derrière une statue d'Artémis, alors que tous les yeux des spectateurs étaient rivés sur la scène. Comme l'avait prévu Clarence, personne ne remarqua leur apparition soudaine. Il lui fit d'ailleurs un petit signe depuis le buisson rond qui le cachait, à quelques mètres d'elle, et son sourire lumineux trancha dans la pénombre : tous deux étaient bien arrivés, sans aucun dommage. Il leur avait fallu arriver directement dans l'enceinte du château, parce que celui-ci, entouré de douves, était gardé de toutes parts, et qu'il aurait été bien plus compliqué d'obtenir le droit de passage.

Clarence rejoignit Roxane et ne put s'empêcher de la saisir par la taille, alors qu'il s'était juré de ne plus la toucher. C'était qu'ainsi vêtue, dans cette petite robe d'elfe qui lui donnait l'air, au choix, d'une danseuse romantique ou d'une fleur renversée, elle était très attirante. Pour lui c'était autre chose, parce que la version masculine de son costume ne servait qu'à le ridiculiser en soulignant son anatomie. Elle lui déroba un baiser.

— Je me demande encore comment tu as fait pour rentrer dans ces superbes collants verts ! chuchota-t-elle à son oreille.

Les yeux du professeur roulèrent, ce qui dans, l'obscurité, donna l'impression de deux billes blanches flottant dans les airs.

— Ironise, gamine, ironise…

— Maintenant qu'on est entrés sans problème, qu'est-ce qu'on fait ?

— On en prend plein les yeux, et joyeux anniversaire !

— C'est le plus beau cadeau du monde.

Ils contournèrent la scène de loin pour la voir de côté. Clarence sortit deux jumelles extra-plates de son justaucorps, semblables à des lunettes 3D en papier comme on en faisait dans les années 50, et lui en tendit une. Ils s'assirent dans l'herbe, derrière des ifs, loin des lumières et de la foule.

— On est vraiment des privilégiés... lui souffla Roxane, ébahie.

— Tu voulais une fête grandiose, la voilà ! Je ne peux pas faire mieux, il me semble. Le roi Soleil en personne !

Elle sourit et se blottit contre lui. Il frissonna. Trois coups de bâtons résonnèrent, et la pièce commença. Ils étaient arrivés juste à temps, évidemment.

Éraste, autrement dit La Grange, entra en scène, accompagné de La Montagne, joué par Du Parc. Tous deux étaient vêtus de costumes plus sobres que ceux des autres personnages et des membres de la cour qui les entouraient. Dans le fond, près de la coulisse côté jardin qui leur faisait face, une femme apparut qui ne bougea plus. Éraste commença son monologue.

— *Sous quel astre, bon Dieu, faut-il que je sois né,*
Pour être de fâcheux toujours assassiné !
Il semble que partout le sort me les adresse,
Et j'en vois, chaque jour, quelque nouvelle espèce.

La femme dans la coulisse murmura quelque chose, et le premier fâcheux entra en scène.

— Est-ce que c'est... ? hésita Roxane en le voyant.

Clarence hocha la tête, un sourire entendu sur les lèvres.

— En personne, très chère.

Molière, car c'était lui, joua ses lignes et revint, dans un costume différent à chaque fois : il interprétait chacun des fâcheux qui donnaient leur nom à la pièce.

— Franchement, soupira Clarence, une once de regret dans la voix, je ne me suis pas amusé comme ça depuis longtemps. Pourtant je suis déjà venu ici...

— C'est vrai ?

— Oui, je suis en deux exemplaires dans ce château, mon homologue de 1972 est valet à l'intérieur.

Roxane ouvrit de grands yeux.

— Oui, l'interrompit-il, devançant sa question : il va falloir faire attention à ne pas me croiser. Restons dans les jardins. Enfin, reprit-il sur un tout autre ton, j'ai beau être habitué aux merveilles que proposent les voyages dans le Temps, jamais elles n'ont eu une telle saveur qu'avec toi.

Il soupira de nouveau. Et dire qu'il allait devoir abandonner tout ça...

— Qui c'est, cette femme ? demanda Roxane, faisant semblant de n'avoir rien entendu, les yeux fixés sur les coulisses.

Clarence saisit la balle au bond et observa la femme qui n'avait pas bougé d'un cil depuis les premiers vers. Elle portait une robe imposante en velours rouge et or, une fraise qui lui raidissait le cou ainsi qu'une coiffure rousse en forme de cœur. Mais surtout, elle était floue, comme s'il s'agissait d'une photo ancienne.

— Ce n'est pas un personnage de la pièce, et elle n'arrête pas de murmurer des trucs. On dirait que personne ne la voit.

— On dirait que Molière arrive à la voir, corrigea-t-il.

Et en effet, ils observèrent qu'à chaque fois qu'elle murmurait quelque chose, Molière changeait quelque chose, parfois infime, dans son ton, dans ses manières, ou dans son jeu. Ni les comédiens ni les spectateurs ne faisaient attention à elle. Ils la regardèrent attentivement pendant quelques minutes : aucun des acteurs qui entraient ou sortaient de scène ne la regardait.

— Comment ça se fait qu'on soit les seuls, avec lui, à y parvenir ?

— Je crois... que c'est parce qu'elle est hors du Temps, tout comme nous.

Roxane réfléchit : hors du Temps ? C'était donc une voyageuse du temps ?

— Mais je croyais que nous seuls possédions le moyen de nous déplacer dans le temps et l'espace ?

— Elle est morte, ce n'est pas une voyageuse.

— Alors chaque fois qu'on se déplacera, on pourra voir les fantômes ? Pourquoi ça ne nous est pas arrivé avant ?

— Parce que ce n'est pas un fantôme. C'est une sorte de... souvenir, expliqua-t-il. J'ai déjà rencontré ce genre d'image, mais jamais aussi fort, cela dit. Disons que c'est comme la trace de ce qu'elle a été. Elle reste là grâce aux gens qui se souviennent d'elle. Plus il y a de gens qui se souviennent de nous, et plus nous laissons notre empreinte sur cette terre. Les gens hors du Temps peuvent se voir. Elle-même doit pouvoir nous voir.

— Alors beaucoup de gens doivent se souvenir d'elle.

— Ça, c'est sûr. Il sourit : regarde-la bien, tu ne la reconnais pas ?

Roxane plissa les yeux, tentant de faire le point sur cette forme floue. Le sourire de la jeune femme s'étira.

— Ah oui. Elizabeth Ire en personne. Rien que ça.

— Rien que ça, confirma-t-il. C'est assez... évident quand on y pense.

— Le fantôme de la reine Elizabeth aux côtés de Molière ? Évident ?

— Oui, c'est évident, quand on sait qu'elle a toujours aimé les dramaturges. Tu te rappelles, quand je t'ai dit que c'était une femme qui avait écrit les textes de Shakespeare ? Il fit un petit signe de la main pour désigner la reine, invitant Roxane à terminer sa phrase : eh bien je suppose qu'elle lui sert de souffleur.

— Incroyable... L'idée que ce soit une femme qui ait écrit les textes de Shakespeare me paraissait déjà extraordinaire, mais là...

— Lizzie a toujours été une artiste.

— Lizzie ? Tu l'appelles Lizzie ? C'est ta grande copine ou quoi ? Clarence haussa les épaules, une petite moue gênée sur la figure. Oh c'est pas vrai ! s'emporta-t-elle. Vous avez couché ensemble !

— Chut ! s'offusqua Clarence en agitant les mains, tu veux que tout le monde le sache ou quoi ?

— On ne nous entend pas, d'ici. Donc c'est vrai ? Tu ne cherches même pas à me le cacher ?

Elle croisa les bras et se mit à bouder.

— Pourquoi est-ce que je le ferais ? Tu te doutes bien qu'à mon âge, dit-il d'un ton ironique, j'ai eu quelques femmes dans ma vie avant toi. Et j'aurai du mal à avoir honte d'une femme pareille.

Roxane s'enferma dans un silence faussement vexé. Si elle était tombée amoureuse de lui, c'était en partie parce que tout ce qu'il avait vécu la fascinait. Elle ne pouvait pas le lui reprocher, d'autant qu'elle-même aurait peut-être fait la même chose si elle avait voyagé seule.

— Il va falloir arrêter de me servir toutes tes belles morales sur l'éthique de l'historien et la non-interférence, hein, parce que plus j'en apprends sur toi, et plus je me rends compte que tu as fais pire que moi...

— C'est vrai, mais c'était au début, avant que je ne devienne professeur. Et c'est justement pour avoir fait des erreurs que je prône ces principes aujourd'hui.

Ils regardaient droit devant eux, mais ne suivaient plus du tout la pièce, chacun plongé dans ses pensées.

— Non-interférence... Tu parles. Tu ne pouvais pas plus l'interférer, celle-là, lâcha Roxane en lui tirant la langue.

Ils éclatèrent de rire, redevenus complices. On annonça le premier intermède, et ils se levèrent tous deux, rangeant les jumelles dans les poches de Clarence. C'était le moment de sortir.

Les spectateurs virent débouler toute une nuée d'elfes de derrière les ifs, qui se mirent à leur distribuer des diamants et des bonbons. Les femmes poussèrent des cris de joie, les homme se levèrent pour se dégourdir les jambes. Clarence laissa Roxane profiter incognito de toutes les merveilles de Fouquet, restant sur le côté. Quand la pièce recommença, Roxane se distingua du groupe pour reprendre sa place derrière les ifs. En regardant un diamant qu'elle avait subtilisé par terre, elle se dit que c'était certainement le plus beau jour de sa vie. Est-ce que Clarence était aussi heureux qu'elle ?

Les rideaux se rouvrirent et le second acte reprit. Elizabeth Ire était toujours là, soufflant son texte à Molière, et Roxane se demanda combien de temps tout ceci durerait. Un bonheur infini était-il possible ? Quand il lui arrivait quelque chose de bien, elle avait toujours l'impression que tôt ou tard, il lui fallait le payer. Cela s'était produit plusieurs fois : elle avait vécu une jeunesse heureuse, jusqu'à ce que son père la détruise. Son adolescence, réfugiée au milieu des livres, s'était terminée par la tromperie de son premier amoureux avec sa meilleure amie. Un mal pour un bien, et toujours, le bonheur qu'on lui enlevait d'entre les mains.

Clarence se tourna vers elle.

— Alors, est-ce que c'est un anniversaire correct ? chuchota-t-il.

Elle éclata de rire.

— Correct ? Quand on sait que, née pendant les grandes vacances, je n'en ai jamais eu, d'anniversaire, oui, je pense que c'est *correct*. Sans rire, pourquoi tu me demandes ça ?

— Tu vas bien ?

— Pourquoi est-ce que tu me demandes ça aussi ?

— Je ne sais pas, tu faisais une drôle de tête, juste maintenant.

Roxane haussa les épaules.

— Évidemment que je vais bien. Des costumes, un bal, un château, je n'en demandais pas tant !

— Parfois, j'ai l'impression que tu es comme une petite fille de quatre ans.

— On rate la pièce.

Ils se tournèrent vers la scène, et ne dirent plus un mot jusqu'à la fin. Les applaudissements les sortirent d'une torpeur étrange. Le fantôme de la reine Elizabeth disparut. Spectateurs et comédiens se dirigèrent vers les grands buffets qui avaient été dressés dans la cour. En retrait, Roxane et Clarence se contentèrent de la brise fraîche pour tout repas. Ils ne voulaient pas qu'on les voie. Quand les premières notes du bal s'élevèrent de l'intérieur du château, Roxane ne sut résister, et se mit à taper du pied.

— Oh, on y va ?

— Non merci.

L'idée de se trouver tout contre elle lui faisait peur.

— S'il te plaît...

Après tout, se dit-il, il pouvait bien lui offrir cela. L'issue serait la même, et pas moins dure à supporter pour elle.

— Est-ce que tu connais ces danses ? lui demanda-t-il en repensant au bal de 1817 auquel ils avaient assisté.

— Absolument pas, mais j'aimerais bien. Pourquoi est-ce qu'on doit absolument rester ici ?

Il baissa la tête et mit un temps avant de répondre.

— Viens.

Il la prit par la main. De buisson en buisson, il la conduisit derrière le château à un passage qu'il connaissait bien, pour l'avoir emprunté en 1972.

— On ne me croisera pas ici, je suis aux cuisines en ce moment, dit-il en poussant une petite porte dérobée, invisible à l'œil nu.

Ils débouchèrent sur un corridor plongé dans le noir. D'ici, on entendait parfaitement la musique.

— Nous sommes sous la salle de bal, expliqua-t-il, puis il s'inclina dans une révérence.

Roxane posa sa main dans la sienne, et ils dansèrent, dans le noir, sans se reposer un instant. Il était presque deux heures du matin quand ils s'arrêtèrent. La musique s'était tue, et l'on entendait les pas des premiers invités qui s'en allaient. Le roi quittait le château.

— On rentre aussi ? demanda Roxane, les joues toutes rouges, les mains sur les genoux pour reprendre sa respiration.

Clarence acquiesça d'un hochement de tête. Ils sortirent du corridor pour trouver un peu de lumière, et s'assirent par terre, sous un feu de Bengale. Clarence attrapa dans sa poche un minuscule tournevis pour régler leurs semelles : des chaussures de cuir noir pour lui, des petits souliers de satin pour elle. Il lui lança un coup d'œil rapide, n'osant la regarder dans les yeux. C'était maintenant. Maintenant qu'il fallait lui dire. Il appliqua un réglage différent à chacune de leurs paires, et les mots tant redoutés ne sortirent jamais de sa bouche.

Une fois les chaussures réglées, il l'aida à se remettre debout.

— Tu devrais apprendre les hiéroglyphes, lui lança-t-il d'un air mystérieux. Vraiment, ça te sera utile.

— Quoi ?

— Au revoir.

Et dans un tourbillon, il disparut.

Grelottant de froid, Roxane s'effondra sur le tapis du laboratoire, seule.

— Professeur ? geignit-elle. Elle se remit debout et demanda plus fort : Clarence ?

Pourquoi lui avait-il dit au revoir ? Une peur panique s'empara de son estomac, et elle ne voulut pas y croire : mais non, il n'était pas avec elle. Affolée, elle visita toute la maison, mais ne le trouva pas. *Au revoir...* De toute évidence, c'était volontaire, parce que jamais il ne s'était trompé dans ses réglages. Il avait dû choisir une autre date pour lui... mais dans quel but ? Pourquoi l'avait-il abandonnée ? Pourquoi ne pas l'avoir prévenue ? Elle retourna dans le laboratoire et s'assit sur le tapis, devant la cheminée. Les larmes se mirent à couler sur ses joues sans qu'elle ne puisse les en empêcher. Il était parti, il l'avait abandonnée....

Certaines petites phrases qu'il lui avait dites lui revinrent en tête : « On ne peut pas jouer avec le Temps impunément, on finit par en souffrir » ou encore : « Les interactions entre le présent et le passé sont très dangereuses. J'ai toujours évité de bousculer les vies des gens que je rencontrais. » Elle comprit. Il l'avait abandonnée pour qu'elle ne souffre pas. Il était parti parce qu'il l'aimait. Elle se révolta de tout son être, et se mit debout, les poings serrés.

— Non ! hurla-t-elle de toutes ses forces, tu ne peux pas me faire ça ! Roxane savait que Clarence ne pouvait l'entendre, mais elle explosa : reviens ! Je t'aime ! Je m'en fous des paradoxes, s'il le faut on arrêtera de voyager ! Reviens !

Un lourd silence accueillit sa supplique. Excédée, déçue, meurtrie, elle donna un grand coup de pied dans le foyer éteint. Des cendres s'envolèrent dans la pièce, pareils à des papillons de l'oubli. Elle s'allongea sur le tapis, et y resta jusqu'à ce que le jour se lève.

*

Clarence Fertennant se réveilla aux environs de −1304 avant notre ère, au beau milieu du désert égyptien. Il connut, sous un autre nom, la vie que l'on sait.

Chapitre X – La Divine Messagère

*

« Quand même »
Sarah Bernhardt

— 14 mars 1900 —

Quand elle prit conscience que le professeur Fertennant – son adoré Clarence… – l'avait abandonnée, dans son laboratoire, et en 1900, Roxane sentit son cœur et son âme se fêler. Les semelles du Temps ne fonctionnaient plus, les petits feux follets bleus qui les parcouraient s'étaient éteints : Clarence les avait réglées pour un ultime voyage, sans espoir pour elle de retour. D'abord dévastée par l'absence cruelle et l'incompréhension, la culpabilité et les reproches, Roxane reprit espoir quand lui vint l'idée que, peut-être, son professeur ne l'avait pas expédiée par hasard ici, au lieu de sa propre époque. Après tout, pourquoi ne l'avait-il pas renvoyée chez elle ? S'il avait voulu s'en débarrasser et remettre l'Histoire en place, comme si rien de ce qu'ils avaient vécu ne s'était passé, cela aurait été la meilleure solution.

Après être restée inanimée sur le tapis plus d'une journée, Roxane se leva, mangea un peu et ne se changea pas, portant comme un trophée la tenue d'elfe de Vaux-le-Vicomte. Elle se mit en tête de trouver un indice, n'importe lequel, qui prouverait que son amoureux ne l'avait pas abandonnée pour toujours, qu'il reviendrait la chercher, ou encore qu'il lui avait assigné une mission précise, un but noble pour sauver l'Humanité, en tout cas, une raison de vivre…

Elle fouilla donc l'appartement du 17 rue du Cloître-Notre-Dame depuis la cave jusqu'au grenier.

La cave était remplie d'un capharnaüm de meubles et d'objets hétéroclites en mauvais état, dont Clarence n'avait jamais eu le cœur à se débarrasser : monocycle à la roue tordue, psyché à la glace brisée, canapé en velours rouge crevé. S'il avait laissé quelque chose pour elle, ce n'était certainement pas ici. Tout était recouvert d'une épaisse couche de poussière et de toiles d'araignée, indiquant que rien n'avait bougé depuis longtemps.

Au rez-de-chaussée, il n'y avait rien d'extraordinaire, que les pièces communes assignées aux nécessités de la vie, celles que les contemporains de Clarence, quels qu'ils fussent, pouvaient voir sans danger si jamais ils passaient le pas de sa porte.

Au premier étage, accrochée sur la rampe d'escalier, pendait une robe de chambre en soie rouge qui fit mal au cœur de la jeune fille, à l'idée qu'elle ne la verrait plus jamais portée. Il y avait sa chambre, ainsi que la chambre d'amis dans laquelle elle avait parfois dormi au début, mais pas le moindre indice.

Au deuxième les pièces étaient meublées dans un style hétéroclite, mélangeant les époques comme chez un antiquaire. Dans la pièce principale, qui servait de bureau, un tableau de Caspar David Friedrich, le fameux *Voyageur au-dessus de la mer de nuages* que Roxane avait modifié par son intrusion dans le temps, surmontait l'immense cheminée. Il y avait des milliers de livres de toutes tailles et de toutes sortes, des éditions extrêmement rares, et même plusieurs incunables. Si elle devait fouiller chacun d'entre eux, ce serait long... Elle repoussa la tâche. Devant les rayons, des bibelots de tous les âges, plus ou moins précieux, étaient posés, étincelants. Dans cet appartement, une domestique, prénommée Mathilde, s'en occupait avec soin. Même quand son maître n'était pas là pendant des mois, elle s'assurait que tout soit impeccable, parcourant comme une petite fourmi industrieuse les cinq étages de la maison. Dans un coin de la bibliothèque était dressée ce que Clarence appelait l'amphore de survie. Elle était remplie d'argent et servait en cas de nécessité. Roxane mit la main dedans et n'en retira que des pièces.

Au fond à gauche de l'escalier, une salle de bain était remplie de carnets de bord qui s'entassaient jusqu'au plafond. La dernière pile faite, près de la porte, était consacrée aux voyages qu'ils avaient entrepris ensemble. Le carnet sur le dessus était encore vierge. Rien n'avait été noté de plus depuis leur voyage à Baltimore, puisqu'il ne s'agissait plus par la suite de voyages d'étude.

Chaque élève avait une pile à lui, plus ou moins grande selon le temps que Clarence lui avait accordé. En voyant le nombre de piles consacrées à des femmes, Roxane pleura de nouveau, toujours fragile, et désormais jalouse. Elle prit chacun des derniers carnets de ces élèves-là, et en lut les ultimes pages. Quand elle s'aperçut que chacune d'entre elles, Jeanne, Emma, Johanna, Clara, Sarah, Rose, Diane, Emily, Mary, et Éléonore, était morte de manière violente et que son carnet se terminait par des pages mouillées de larmes, elle comprit. Il n'y avait que la dernière, Lise Marigny, une étudiante des années 60, qui s'en était sortie... par un mariage. Après ça, Clarence n'avait choisi que des hommes. Jusqu'à elle... Clarence lui avait parlé, à mots couverts, d'une sorte de malédiction. S'il l'avait envoyée, ici, c'était pour lui sauver la vie. Pour ne pas qu'elle ne meure atrocement comme les autres. C'était cela, l'indice : le professeur avait dû choisir sa maison en 1900 tout simplement parce qu'il savait qu'elle aimait cette période.

Roxane comprit qu'elle avait espéré l'impossible. Elle visita les autres étages sans la moindre conviction : au-dessus d'elle, le niveau était entièrement devenu laboratoire. Aux murs, à la suite, peut-être, d'un de ses accès de narcissisme, Clarence avait accroché tous les diplômes qu'il avait obtenus, dont une bonne majorité, qui se jaunissaient sous leurs cadres, émanaient de la Sorbonne qui l'avait employé, et où elle étudiait. Où elle-même n'étudierait jamais plus, pensa-t-elle... On trouvait entre autres des documents qui attestaient de sa maîtrise parfaite des hiéroglyphes, de toutes les langues mortes comme vivantes, de toutes les disciplines concernant l'histoire et la géographie, ainsi que des sciences physiques et technologiques, ou de disciplines plus particulières, comme l'escrime française du XVIIe. Il y avait un papyrus sous verre, des morceaux de tapisserie du Moyen Âge, des vélins recouverts d'encre pâlie et de sceaux qui s'effritaient.

Sur une étagère à droite se trouvaient, étiquetés sous cloches, ses créations et leurs prototypes. Parmi celles-ci, une cloche était vide, celle qui aurait dû accueillir des fameuses semelles rouges filigranées d'un fin réseau or et de minuscules engrenages. Des objets dont elle ne savait pas se servir... Elle enleva ses propres semelles du Temps de ses chaussons de danse et les posa sous la cloche, dont elles ne bougèrent plus.

Le quatrième étage était la garde-robe. Roxane savait le grenier vide, aussi elle se perdit dans l'odeur des étoffes et des vieux accessoires. Quand elle se réveilla, il était six heures du matin, l'appartement était vide et la conclusion inéluctable : il n'y avait rien pour elle ici. Rien ne lui indiquait le chemin à suivre. Qu'allait-elle devenir, dans cette nouvelle vie dont elle ne possédait pas les clefs, sans lui ?

Une nouvelle vague d'abattement la submergea, mais cette fois-ci, il y eut quelqu'un pour l'aider. Mathilde s'occupa de Roxane comme de sa propre sœur à l'instant où elle la découvrit endormie dans les fourrures, des traces de larmes séchées sur les joues. Elle était habituée aux excentricités de son maître et ne s'offusqua pas de trouver une inconnue chez lui.

Des jeunes filles jeunes et jolies, il en avait défilé beaucoup. Après lui avoir d'abord refusé toute confession, Roxane sortit peu à peu de son mutisme. Mathilde était l'incarnation de la confidente. Elle lui raconta tout, excepté ce qui concernait les voyages dans le temps, depuis leur première rencontre jusqu'aux mots doux qu'ils s'étaient échangés. Elle lui raconta enfin qu'il était parti pour longtemps, lui confiant sa maison sans explication, et qu'elle était destinée désormais à habiter ici. Elle lui dit aussi qu'elle comptait en finir avec la vie.

Mathilde ne la laissa pas faire : pour se sortir de la mélancolie, il fallait se divertir. Elle n'avait pas d'argent, mais son maître, lui, oui. Il ne s'offusquerait pas qu'elle en prenne sans lui demander la permission, surtout s'il ne revenait jamais. C'était pour une bonne cause, et s'il avait envoyé Roxane ici, c'était sûrement parce qu'il savait qu'elle y serait bien. Mathilde descendit donc au salon, puisa dans l'amphore de secours et acheta deux places de théâtre pour la pièce la plus connue qui se jouait le soir même. Elle força Roxane à se laver et s'habiller décemment. Les compliments qu'elle lui fit devant le grand miroir du quatrième étage parvinrent même à lui arracher un sourire. Vêtues toutes deux de robes de soirée noires, l'une par décence et l'autre parce qu'elle se sentait en deuil, elles sortirent du 17 rue du Cloître-Notre-Dame pour se rendre à la Première de *L'Aiglon*.

Roxane fut déçue par Sarah Bernhardt qui tenait le rôle de l'Aiglon. Ce n'était pas l'interprète divine qu'elle s'était imaginée : même si elle avait expérimenté le théâtre du XVIIe, habituée au jeu tout en finesse des acteurs de cinéma de son temps, elle n'aurait jamais imaginé que la grande actrice roule les R d'une voix rocailleuse de marchande de poisson, ni qu'elle pose et fasse des manières à ce point. Elle lui fit l'effet d'un pantin squelettique engoncé dans des habits d'homme, aux gestes mécaniques et aux émotions factices.

En s'enfonçant dans son fauteuil et dans ses pensées morbides accentuées par le sujet de la pièce, elle cessa bientôt de s'intéresser à ce qu'il se passait sur les planches. Quand elle vit les yeux de Mathilde briller dans le noir, ses mains qui tortillaient ses gants avec émotion, elle culpabilisa. Cette fille bien ancrée dans son époque appréciait davantage le spectacle qu'elle, catapultée un siècle en arrière. Roxane était tout de même en face d'une actrice réputée, pour le regard de laquelle plus d'un de ses contemporains aurait tué. Elle voyait la Divine Sarah jouant dans la pièce de l'un de plus célèbres dramaturges français, enfin ! Cette réaction étrange était certainement due à son humeur déplorable.

À l'entracte, elle demanda à Mathilde si elles pouvaient s'en aller. La jeune fille refusa catégoriquement, à la fois car qu'elle appréciait la pièce et parce qu'elle ne voulait pas que sa protégée s'enfonçât dans sa mélancolie. Voyant qu'elle ne pourrait la décider, et n'ayant pas le cœur à sortir seule dans la rue, Roxane la convainquit de partir dès le tomber du rideau, afin d'éviter la foule qui la mettrait au supplice.

Ce qui fut fait, à peine le dernier vers prononcé.

*

Dans le couloir vide encore, au sol tapissé de moquette rouge, un bras attrapa Roxane et la força à stopper. Elle se retourna et découvrit que la personne à qui appartenait ce bras était Sarah Bernhardt elle-même.

— Venez avec moi, lui ordonna-t-elle.

Roxane jeta un regard inquiet à Mathilde, qui se contenta de hausser les épaules, une lueur d'admiration dans ses yeux. Elle ne comprenait pas plus qu'elle.

— Mais pourquoi ? demanda la domestique.

— Pas vous, répliqua sèchement la comédienne. Juste elle.

Roxane ne put faire autrement que de la suivre, laissant Mathilde désemparée et déçue dans le couloir, qui commençait maintenant à se remplir des spectateurs vidant la salle. Il y avait dans la voix de Sarah Bernhardt quelque chose de si impérieux que Roxane obéit, car malgré sa maigreur, cette femme avait une force phénoménale. Il sembla à Roxane que son bras était fait de porcelaine.

Sarah Bernhardt la fit valser dans sa loge et la lâcha, refermant la porte à double tour derrière elles. Roxane fit un pas en arrière, intimidée.

— Qu'est-ce que vous me voulez ?

— Vous êtes Roxane.

— Pourquoi ?

Sarah ne tint pas en place et commença à se dévêtir devant elle sans aucune pudeur. Elle se défit de sa redingote rouge, une pièce magnifique toute rebrodée de plumes d'or, et la posa sur le dossier d'une des nombreuses chaises qui meublaient la loge.

— Ce n'est pas une question. Vous êtes Roxane, Clarence me l'a dit.

Roxane ouvrit de grands yeux et se rapprocha d'elle.

— Vous connaissez Clarence ?

— Je connais Clarence.

Maintenant simplement habillée d'un panty et d'une fine chemise en coton blanc, l'actrice s'assit devant sa coiffeuse et entreprit de s'étaler une grosse couche de crème sur le visage.

— Dites-m'en plus, la pressa Roxane en prenant la chaise sur laquelle était posée la redingote, et en s'asseyant à côté d'elle.

— Il m'avait prévenue que vous étiez impatiente, ironisa l'actrice avec une pointe de sourire dans la voix. Toutefois je ne pensais pas vous voir si tôt. Il m'a dit qu'à compter du 14 mars 1900, il faudrait que je me mette à la recherche d'une fille rousse à l'air désemparé.

— C'est tout ?

— Mais non, il m'a donné votre photographie. Ainsi, je ne pensais pas vous voir dès aujourd'hui, mais tant mieux. Je ne risquerai pas d'oublier les informations que je dois vous transmettre, même si ma mémoire est excellente, évidemment.

Roxane sentit son cœur se serrer dans sa poitrine, et saisit entre ses doigts le tissu de velours rouge.

— Quelles informations ? Et comment savait-il que je viendrais voir une de vos pièces ?

Sarah haussa les épaules et piocha des mouchoirs pour enlever le fard gras et la crème. Son visage, rouge et fatigué sous le maquillage, accusait quelques rides.

— J'imagine que tout visiteur du futur a envie de voir une de mes pièces. Tous mes contemporains également !

— Alors vous savez que je viens du futur... soupira Roxane en ne s'attardant pas sur ce second compliment que son interlocutrice se faisait à elle-même.

— Et je sais que lui aussi. Et que moi aussi d'ailleurs.

Roxane se renversa sur sa chaise, la redingote maintenant froissée entre ses mains.

— Alors celle-là... C'est la meilleure ! Vous, du futur !

— N'est-ce pas ? se réjouit Sarah, désormais entièrement démaquillée, en lui serrant les mains et son vêtement par la même occasion. Je suis heureuse de vous l'avoir dit. Cela me fait un secret de moins.

— Vous... datez de quand ? hasarda Roxane, ne sachant trop comment lui poser la question.

— Je serai née dans deux ans ! s'exclama Sarah. En fait, en 1929, expliqua-t-elle avec de la joie dans le regard, et sur un tout autre ton, Clarence Fertennant est venu sur le plateau où je tournais. À l'époque, j'étais une actrice médiocre aux États-Unis. La MGM a brisé mon contrat à l'arrivée du parlant, parce qu'ils trouvaient que j'avais une voix affreuse et un jeu dépassé, tu te rends compte ? s'emporta-t-elle en se mettant soudain à la tutoyer. Je crois qu'ils n'aimaient pas trop non plus le fait que je sois juive... Et puis le Crash... Enfin, c'est là que Clarence intervint : il m'a dit que mon jeu passerait très bien en France à la fin du XIXe, et m'y a transportée. C'est grâce à lui que je suis devenue celle que tu vois aujourd'hui. *Anyway*, conclut-elle en se levant pour passer une robe de soirée en dentelle rose, je pouvais bien lui rendre un service quand il est venu me voir la semaine dernière.

— La semaine dernière ? s'écria Roxane en serrant ses mains l'une contre l'autre, malmenant de plus belle la veste : mais alors je vais le revoir ?

Sarah leva les yeux au ciel, et attrapant un bâton de rouge, s'en recouvrit les lèvres.

— Ne compte pas trop là-dessus, mon petit rouge-gorge. Et voyant la déception de Roxane, elle ajouta d'un ton plus doux : alors rappelle-toi bien de ça : « Apprends tes hiéroglyphes ».

— C'est tout ?

Sarah fit la moue et rehaussa ses yeux d'un trait de crayon noir.

— C'est tout ce qu'il m'a dit. Maintenant, jeune fille, il faut partir, c'est l'heure de mon bain.

Et vous pouvez garder la veste, puisque vous l'avez détruite.

Sarah Bernhardt rouvrit la porte, et une marée d'admirateurs et de fleurs envahit ses loges.

Roxane passa la redingote en velours brodé et se regarda dans la glace du quatrième étage. Le vêtement, à peine froissé, lui allait bien, autrement mieux que le noir. Qu'avait voulu dire Sarah Bernhardt, ou plutôt, que voulait dire Clarence, par « Apprends tes hiéroglyphes » ? Il lui avait dit la même chose à Vaux-le-Vicomte, elle s'en souvenait maintenant. Pourquoi pas un mot d'adieu ? Pourquoi cette devinette stupide ? C'était bien là son genre, pensa Roxane en maugréant.

Quand elles étaient revenues du théâtre la veille au soir, Roxane avait encore omis d'expliquer à Mathilde, qui l'attendait sagement à la sortie, tout ce qui concernait les voyages dans le Temps, expliquant juste que l'actrice connaissait Clarence Fertennant et qu'elle avait un message de sa part. Elles étaient toutes deux sûres désormais de ne plus jamais le revoir. Mathilde se résolut à accueillir cette nouvelle amie dans sa vie. Quant à Roxane, tout ce qu'elle voulait, c'était retrouver Clarence. Elle ne moisirait pas en 1900. Peu importait pour elle d'être la propriétaire d'un immeuble magnifique rempli de choses toutes plus extraordinaires les unes que les autres. Sans Clarence, plus rien n'avait d'intérêt à ses yeux.

Quand elle avait cherché le matin même à retrouver la Divine, afin de glaner des explications supplémentaires, celle-ci s'était déjà envolée pour une tournée en Russie. Elle n'en saurait pas plus avant un long moment, et se décida à suivre la seule piste qu'elle possédait : elle descendit donc à la bibliothèque et empila au milieu de la pièce tout ce qui concernait l'Égypte Antique. Une fois cela fait, elle divisa son paquet de livres en mettant d'un côté les documents d'époque, deux rouleaux de papyrus neufs, puisque Clarence prélevait les œuvres à la source, et de l'autre les manuels d'apprentissage et les livres d'histoire plus récents. Les livres du second paquet n'avaient rien d'extraordinaire et ne contenaient aucun mot, aucune lettre de la main de Clarence. Si la clef était dans ces papyrus, se dit Roxane en les déroulant, alors il lui faudrait un temps fou pour les traduire, ce qu'elle n'était pas prête à faire. Elle décida d'apporter les rouleaux à un égyptologue pour qu'il s'en charge à sa place. Après tout, Clarence n'avait jamais précisé qu'elle ne devait pas se faire aider.

Pour convaincre ce potentiel traducteur, elle puisa dans l'amphore de secours, puis ouvrit le placard du bureau et y trouva le coffre dans lequel tous deux piochaient régulièrement avant de partir en voyage : il contenait des billets et des pièces de toutes les époques et de tous les pays. La plupart des billets avaient été réalisés avec une imprimante dernier cri de son époque, et les pièces les plus anciennes étaient des moulages en plomb recouvert d'or. Pour ce qui était de la monnaie pourvue de systèmes de sécurité modernes, elle était tout simplement vraie. La majeure partie de cet argent avait été obtenu en gagnant au Loto.

Roxane emprunta une liasse de francs dans la case de l'époque qui la concernait, et referma le coffre. Elle monta au quatrième chercher une robe et un chapeau de ville, puis fila à pieds jusqu'à l'aile Mollien du palais du Louvre.

Appâté par l'argent que Roxane avait agité sous son nom, monsieur Émile Amélineau, égyptologue attaché au Louvre, tout d'abord réticent, accepta finalement de traduire les deux papyrus. Quand elle lui avait promis le double s'il était rapide, il se promit qu'il n'y passerait pas plus d'une semaine, et il tint parole.

Roxane, installée dans le bureau, tenait donc les deux traductions dans ses mains. L'une après l'autre, elle les lut lentement, puis les relut, pour ne pas laisser le moindre détail lui échapper. Mais si ces deux papyrus étaient des documents importants et inestimables, à savoir un traité de paix signé de la main de Ptolémée II, et l'acte de mariage entre Ramsès II et sa première épouse la reine Néfertari, aucun ne la concernait.

Une nouvelle fois découragée, Roxane descendit au laboratoire et referma la porte derrière elle. Comme c'était la seule pièce interdite à Mathilde, en raison de ses nombreuses inventions anachroniques, elle était sûre d'y être tranquille. Elle alluma l'ordinateur portable du professeur ; la maison était reliée au réseau électrique depuis presque dix ans maintenant ; et se morigéna de ne pas y avoir pensé plus tôt à cet outil : peut-être était-ce là qu'elle trouverait la solution à son énigme !

Mais il n'y avait que les cours, les écrits et recherches de Clarence, et bien sûr, pas de connexion à Internet. Elle fit pivoter sa chaise et se prit la tête dans les mains, soupirant de dépit. Quand elle la releva, un grand sourire illumina sa figure : la solution se trouvait juste devant ses yeux, accrochée bien en évidence sur le mur.

Monsieur Amélineau ne s'était pas fait prier pour traduire une seconde fois le papyrus de la demoiselle aux gros billets. Celui-ci avait l'air authentique, contrairement aux deux autres, ainsi bien protégé dans son cadre, et il le manipula avec soin. Quand il le rendit à Roxane, le lendemain soir, il ne cacha cependant pas sa déception : la moitié des termes étaient intraduisibles, aussi il s'était contenté de reproduire les hiéroglyphes concernés, et il n'était pas parvenu à en extraire un sens acceptable à ses yeux. Il lui avait donc livré son brouillon toutes acceptions comprises, et ne voulut plus entendre parler d'elle.

Roxane attendit d'être dans le laboratoire, confortablement emmitouflée dans sa nouvelle redingote, pour le lire :

— *Ma très aimée* *, disait la première phrase.

Le premier symbole incompris était le dessin d'un long nez, puis d'une lune, puis d'une rose enfermés dans un cartouche. Roxane déduisit rapidement que c'était d'elle qu'il s'agissait, et que c'était bien Clarence qui lui écrivait. Qui d'autre que lui aurait pu savoir que sa mère l'avait appelée ainsi à cause de *Cyrano de Bergerac*, et qu'elles adoraient toutes deux cette pièce ? La rose représentait en outre les deux premières lettres de son prénom.

— *Je ne regrette pas mon geste, et tu ne le regretteras pas non plus, je te le promets/je le jure. Je pense à toi d'où je suis, mais ne cherche pas à me retrouver/revoir. Tu seras heureuse dans ma maison/mon palais. Mais si tu ne l'étais pas, tu trouveras un * pour réaliser tes rêves.*

Le deuxième symbole, entouré et griffé d'un gros point d'interrogation sur la copie de l'égyptologue, était un nouveau cartouche contenant des dessins ressemblant à des mécanismes d'horlogerie moderne. Cela ressemblait à des Semelles du Temps, mais ne pouvait en être, pensa Roxane, puisque les siennes ne fonctionnaient plus. Cependant le cartouche lui sembla familier. Après avoir fouillé ses souvenirs, elle se souvint d'une forme semblable et regarda autour d'elle. Parmi les inventions de Clarence, l'une d'entre elles, une plaquette dorée d'une quinzaine de centimètres de large, pourvue d'une longue aiguille, de molettes, d'un cercle marqué de chiffres comme celui d'un cadran solaire, de fils électriques et d'engrenages complexes, était la réplique exacte du dessin.

— *Lis le papyrus qui l'accompagne. Tu trouveras alors ce que tu cherches. Je t'aime, ton *

Ce dernier cartouche indéchiffré contenait juste un seul dessin, celui d'un homme noir, vêtu d'un costume qui n'avait rien d'égyptien, au corps de profil et au grand sourire éclatant de face.

Roxane lâcha le papier, rit et pleura à la fois.

*

Roxane se saisit de la drôle de machine en or, étiquetée *Dewey* sous sa cloche de verre, et courut dans le bureau, faisant voler les pans de sa redingote rouge. Elle posa la Dewey sur les étagères et parcourut à toute vitesse les rayons pour trouver le « papyrus » ou le manuel qui lui expliquerait son fonctionnement. Impatiente, elle ne prit même pas la peine de chercher le manuel pour essayer de faire marcher la Dewey. Ainsi qu'elle l'avait fait de son premier magnétoscope et de tous les appareils complexes qui lui étaient passés entre les mains, Roxane se contenta de triturer les boutons jusqu'à ce qu'il se passe quelque chose.

L'aiguille de la Dewey, quand elle fit bouger un engrenage, se mit à tourner dans tous les sens, et un faisceau de lumière bleue jaillit de la plaquette pour transpercer, au-dessus de la cheminée, le *Voyageur au-dessus de la mer de nuages*.

Roxane sursauta et reposa la Dewey sur le bureau. Elle s'approcha lentement du tableau, qui n'avait pas l'air d'avoir changé. Elle toucha la toile, mais son index s'enfonça dedans comme à travers de l'eau froide : quand elle le retira, il était couvert d'une poussière bleue électrique. Affolée, elle regarda son doigt sans bouger jusqu'à ce que la poussière disparaisse. Grâce à la Dewey, elle réaliserait ses rêves, lui avait dit Clarence. Ce ne pouvait être dangereux.

Roxane avança le fauteuil de la cheminée et grimpa dessus. Elle appuya de nouveau son doigt, puis passa la main entière : sa main se gela, et son cœur s'emballa. Toute la surface de la toile devint bleu nuit et étoilée, comme si l'Espace s'y peignait, et le voyageur disparut. Quand elle enleva sa main, celle-ci se retrouva couverte de poussière bleue, et la toile montrait le voyageur de dos, portant une redingote de velours brodé et une longue chevelure rousse.

Roxane sourit, grimpa sur le manteau de cheminée, et plongea la tête la première dans le tableau.

*

Roxane se réveilla dans une clairière digne d'un dessin animé : l'herbe était d'un vert égal et doux, des papillons voletaient de fleur en fleur, et la brise printanière était chargée d'une agréable odeur de lavande. En se levant, elle fut saisie d'un vertige, mais habituée qu'elle était aux effets du voyage dans le temps, cela ne dura pas. Elle se mit à marcher, emplie soudainement d'une sérénité et d'un bonheur qu'elle n'avait plus connus depuis que Clarence était parti. La Dewey faisait apparemment son office : ce monde était celui de ses rêves, un monde parfait, modelé sur ses désirs, où elle oublierait ses malheurs.

*

Comme toujours à Bordemarge, il faisait un temps superbe. Le soleil brillait, le printemps était magnifique, et l'on n'entendait que le bruit du mistral dans les cyprès et le chant des cigales. Au-dessus de la porte d'un vieux mas perdu au milieu de la lande, une enseigne nommée « Les Trois Cyprès » se balançait doucement, indiquant qu'ici on pouvait, selon la coutume, trouver de quoi manger et rester pour la nuit. Roxane, un grand sourire sur les lèvres, décida d'y entrer.

Fin

Les Chercheurs du Temps

Emmanuelle Nuncq

Melle Mars Éditions©

www.emmanuellenuncq.com

ISBN : 978-2-9601711-0-5

Publication : octobre 2015

Illustration de couverture : Isabelle Nuncq

Correction : Alice Pagès

Du même auteur

Les épisodes des *Chercheurs du Temps* ont été écrits de 2009 à 2015, et forment la préquelle de *Bordemarge*. Si vous avez aimé, vous pouvez continuer avec

Bordemarge, 2012, Castelmore

puis

Novalys, Melle Mars Editions
(à paraître pour Halloween 2015)
C'est la suite de Bordemarge.

Palimpsestes, tome I, 2016, Editions du Chat Noir

Remerciements

Je souhaite remercier tout particulièrement Alice, pour avoir admirablement fait son travail de correctrice et de motiveuse des troupes, Isabelle, qui m'a donné le courage de me lancer dans l'auto-édition pour ce texte, Jean-Claude Dunyach, dont j'ai suivi tout le tutoriel très bien fait qui me permet aujourd'hui de publier ce roman en e-book, ma maman, qui a réalisé l'illustration de la couverture, Hervé ainsi que *Doctor Who* et *Retour vers le Futur* ;)